Rebecca Berg

Aus Zufall wurde Liebe

Rebecca Berg

Aus Zufall wurde Liebe

Liebesgeschichte

édition el!es
www.elles.de
info@elles.de
Umschlaggestaltung und Satz: graphik.text Antje Küchler
Umschlagfoto: © bizoo_n – Fotolia.com
ISBN 978-3-95609-156-8

Gewissenhaft zog Lisa die Tür der fremden Wohnung ins Schloss und lief dann rasch die Stufen des Treppenhauses hinab. Dabei entfuhr ihr ein tiefer Seufzer. Nach dieser göttlichen Nacht war sie noch nicht ganz in der Realität angekommen. Sie sprang in ihr gelbes Cabrio, das in der Einfahrt direkt vor dem Haus parkte, und schloss einen Augenblick die Augen. Ungläubig schüttelte sie den Kopf und überlegte, ob alles womöglich nur ein Traum gewesen sein könnte.

Aber zwischen den Beinen fühlte sie noch immer ein angenehmes Puckern. Das war der Beweis, dass sie nicht geträumt hatte. Sie stöhnte erneut leise auf und fuhr schließlich mit quietschenden Reifen los, als seien es ihre überschwänglichen Empfindungen, die den Wagen antrieben.

Es war eigentlich überhaupt nicht ihre Art, sich Hals über Kopf verführen zu lassen. Sie war auch keine von den Frauen, die sich leichtfertig auf ein Abenteuer einlassen würden. Eigentlich.

Doch dieses eine Mal war es anders gekommen. Dem Charme dieser rätselhaften Frau, von der sie fast gar nichts wusste, hatte sie sich einfach nicht entziehen können.

Schon jetzt, nach einer einzigen, sinnlichen Nacht, hatte Lisa die leise Befürchtung, der verführerischen Fremden verfallen zu sein. Blieb zu hoffen, dass diese Geschichte gut ausgehen und es ihr erspart bleiben würde, schon bald tränenüberströmt, enttäuscht und hoffnungslos bei ihrer Psychologin auf der Couch zu liegen. Davon hatte Lisa nämlich genug.

Sie schob die negativen Gedanken beiseite und ließ stattdessen die letzte Nacht noch einmal Revue passieren, was sie unweigerlich in einen fast tranceartigen Zustand versetzte. Hinter ihr hupte jemand, der es eilig hatte. Erschrocken fuhr Lisa zusammen. Die Ampel stand auf Grün. Hastig trat sie aufs Gaspedal.

Als sie zwanzig Minuten später, ohne einen Unfall verursacht zu haben, in der Tiefgarage ihrer Bankfiliale den Motor abstellte, hatte sie sich wieder einigermaßen gefasst. Nur hin und wieder stieg ihr ein Schwall des schweren, herben Parfums in die Nase, das die fremde Frau auf ihrer Haut hinterlassen hatte, und dann stahl sich ein verträumtes Lächeln auf ihr Gesicht. Doch sie riss sich zusammen, richtete ihre blonden Locken und stieg schwungvoll in den Fahrstuhl. So sinnlich wie heute hatte sie sich schon eine Ewigkeit nicht mehr gefühlt. Sie lebte, sie atmete und sie liebte wieder. Erst jetzt wurde ihr bewusst, was sie all die Monate vermisst hatte.

Obwohl sie ungewöhnlich spät dran war, wurde sie wie jeden Morgen von allen Kollegen freundlich begrüßt. Zum Glück ahnte niemand, wie und mit wem Lisa die letzte Nacht verbracht hatte.

Es war ein Tag wie jeder andere, doch er zog sich wie ein zäher Kaugummi dahin und wollte einfach nicht vergehen. Minuten wurden zu Stunden, und so oft Lisa auch auf ihr Handy starrte, es blieb stumm. Mist, warum rief sie nicht an? Warum schrieb sie keine einzige kleine Nachricht?

Joe … Lisa ließ sich den Namen auf der Zunge zergehen und lächelte zufrieden.

Als es endlich Zeit wurde, Feierabend zu machen, und Joe sich immer noch nicht gemeldet hatte, hielt sie es vor Unruhe schier nicht mehr aus. Sie war zappelig wie ein junges Fohlen. Um nicht durchzudrehen, versuchte sie sich selbst gedanklich runterzubringen: Joe hatte bestimmt viel zu tun und einfach noch keine Zeit gehabt, sie anzurufen. Trotzdem konnte sie nicht verhindern, dass Zweifel in ihr aufstiegen und schwer wie Blei auf ihr Herz drückten.

Auf ihrer Lippe kauend saß sie am Lenkrad und schaute minütlich auf ihr Mobiltelefon. Sollte es für Joe vielleicht nur ein einmaliges Abenteuer gewesen sein, dem sie keinerlei Bedeutung schenkte? War sie für Joe schon nach *einer* Nacht langweilig geworden? Hatte sie gar nur versuchen wollen, Lisa herumzukriegen, und hatte jetzt, nachdem sie bekommen hatte, was sie wollte, kein Interesse mehr? Zu viele Fragen spukten Lisa im Kopf herum, und sie konnte sich kaum noch auf den Verkehr konzentrieren. Zu stark waren die Dämonen der Vergangenheit, die Ängste und die Hoffnungslosigkeit von vor achtzehn Monaten, die plötzlich wieder ihre hässlichen Fratzen zeigten.

Als sie zu Hause angekommen war, ließ sie sich ein warmes Bad ein, um auf andere Gedanken zu kommen. Mit einem wohligen Seufzer ließ sie sich in das heiße Wasser gleiten und wusch sich dann den Geruch der letzten, heißen Nacht von der Haut. Dort überall hatte Joe sie berührt, so, wie sie noch nie vorher im Leben von irgendjemand anderem berührt worden war.

Vom Wohnzimmer hörte sie das Klingeln ihres Telefons. Ihr Herz begann sofort wild zu klopfen. Ob es Joe war? Nur zur Sicherheit hatte sie Joe gleich beide Telefonnummern, von Handy und Festnetz, auf dem Nachttisch hinterlassen. Irrtum also ausgeschlossen.

Der Anrufbeantworter piepste. Lisa hielt den Atem an, um besser hören zu können, ob jemand etwas aufs Band sprach.

»Hallo, hier ist Joe ... schade, dass du nicht da bist. Ich fahre jetzt ins *Anabelles* und wollte dich fragen, ob du Lust auf einen Feierabenddrink hast. Komm einfach vorbei, wenn dir langweilig ist. Ciao.«

Lisa jubelte innerlich und lachte über das ganze Gesicht. Dann tauchte sie mit dem ganzen Kopf unter Wasser und verweilte etliche Herzschläge dort, um anschließend prustend und nach Luft schnappend wieder aufzutauchen. Sie freute sich wie ein kleines Kind. Joe hatte sie zu einem Drink eingeladen! Natürlich würde sie ins *Anabelles* fahren, so viel stand fest. Doch was sollte sie anziehen – und wie sollte sie sich Joe gegenüber verhalten? Sie hatte ja verdammt cool geklungen. Mit beinahe gelangweilter Stimme hatte sie ihr diese Nachricht aufs Band gesprochen. Aber genau so hatte Lisa sie gestern auch kennengelernt, und genau das war so faszinierend an Joe.

Unentschlossen, was sie anziehen sollte, tanzte Lisa vor ihrem Kleiderschrank auf und ab. Momentan fühlte sie sich gar nicht wie eine erwachsene Frau. In Joes Nähe kam sie sich eher wie ein pubertierender Teenager vor, der seinem ersten Date gegenübersteht und von Tuten und Blasen keine Ahnung hat.

Johanna Herzog, von allen nur Joe genannt, parkte ihre Maschine wie gewohnt auf dem Gehweg und ging in ihren Lederklamotten direkt ins *Anabelles*, eine urige Kneipe, aus der laute Rockmusik auf die Straße drang. Auch unter der Woche konnte man dort Billard spielen und tanzen, wenn man Lust dazu hatte. Joe war im *Anabelles* bekannt wie ein bunter Hund, die Kneipe war sozusagen ihr zweites Zuhause. Sie begrüßte die Mädels hinter der Bar mit Küsschen und Umarmung und bestellte sich ein alkoholfreies Weizen.

Während sie auf ihr Bier wartete, schaute sie zur Uhr. Es war halb acht. Ob ihre zuckersüße Bekanntschaft wohl kommen würde? Sie war gestern unter ihren Händen zerflossen wie Honig, und ihre Blicke hatten deutlich verraten, dass sie sehr angetan von Joe war. Joe hatte wenig Zweifel, dass sie sie heute Abend wiedersehen würde.

Sie nahm ihr Weizen in Empfang, reichte Betty ihren Helm über den Tresen und fuhr sich durch das kurze, braune Haar, das sie wie immer wild durcheinander und hochgegelt trug. Lässig öffnete sie ihre Lederjacke und trank einen erfrischenden Schluck. Sie wippte im Takt mit der Musik und sah sich in der Kneipe um. Viele der Anwesenden waren alte Bekannte, und schnell war Joe mal mit der einen, mal mit dem anderen in ein Schwätzchen vertieft, wie immer.

Nur gestern Nacht war es nicht wie immer gewesen. Da hatte sich dieser blonde Unschuldsengel hierher verirrt und unsicher umherschauend an der Bar gestanden. Joe hatte eine Weile beobachtet, wie sie immer wieder nervös auf ihr Handy gestarrt und dabei doch krampfhaft versucht hatte, locker zu wirken, was ihr aber nicht gelang. Joe hatte nicht lange gefackelt. Sie gesellte sich zu ihr, stellte sich vor und fragte, ob sie etwas trinken wolle. Der blonde Engel hatte sich zu einem Aperol-Spritz überreden lassen, und es stellte sich heraus, dass sie mit ihrem Auto liegengeblieben und aus lauter Verzweiflung im *Anabelles* gelandet war.

Da der Abschleppservice auf sich warten ließ, hatte Joe ihre Hilfe angeboten und ihr versprochen, später nach dem Auto zu sehen. Schließlich waren aus einem Sekt zwei oder drei geworden, und Joe fand schnell heraus, dass Lisa Single war, in einer Bank arbeitete und einsam war. Schließlich setzte Joe alles auf eine Karte und zog Lisa ungefragt auf die Tanzfläche. Sie tanzten zuerst zu Alice Cooper, und als die Musik – nach einem unauffälligen Wink von Joe in Richtung der Mädels an der Bar – langsamer wurde, zog sie Lisa beherzt zu sich heran. Ihre Hände wanderten kühn von Lisas Rücken zu ihrem Hintern. Und als sich Lisa ihr daraufhin geradezu ausgehungert entgegenwarf, drückte Joe ihren Körper an eine der Säulen und küsste sie leidenschaftlich. Es war so einfach, sie mit nach Hause zu nehmen.

Joe grinste breit und schaute auf die Uhr. Zwanzig nach acht. Der blonde Engel ließ ganz schön lange auf sich warten.

Lisa entschied sich für enge Bluejeans und eine flatternde, weiße Bluse, die ihr Dekolleté perfekt betonte. Dazu wählte sie hohe, schwarze Schuhe und einen frechen braunen Lederhut, der sie, wie sie fand, interessant und sexy zugleich wirken ließ. Damit betrat sie gegen halb neun klopfenden Herzens das *Anabelles*. Die Aufregung und Freude auf ein Wiedersehen mit Joe heizten ihr ganz schön ein. Ihr Gesicht musste glühen. Lisa war froh, dass es im Inneren der Kneipe nicht sehr hell war.

Schüchtern nickte sie den beiden Mädels hinter der Bar zu. Beide hatten gestern Abend das Techtelmechtel zwischen ihr und Joe mitbekommen. Lisa schaute sich suchend nach ihr um.

»Joe spielt Billard«, sagte die eine von beiden und grinste. Irgendwie zweideutig, wie sich Lisa einbildete.

»Danke«, sagte sie, erwiderte das Lächeln und ging in den hinteren Raum, in dem sich ein halbes Dutzend Tische befand. Sie entdeckte Joe sofort. Weit nach vorn gebeugt versenkte sie gerade eine Kugel in die Mitteltasche und erntete von ihrem Spielpartner, einem langhaarigen Typen, anerkennende Blicke. Sie sah verdammt sexy aus, und Lisa wusste augenblicklich wieder, wieso alles so schnell gegangen war.

Joe wirkte burschikos, und Lisa war sicher, dass sie sich mit Absicht so gab. Cool und lässig und gleichzeitig stark und unerschütterlich. Dass Joe eine Frau war, erkannte man erst auf den zweiten Blick, wenn man ihre schlanken Hände betrachtete, ihren schmalen Hals, ihre weiche Haut. Diese Kombination aus

Härte und Weichheit hatte auf Lisa eine unwiderstehliche Wirkung. Als sie Joe zum ersten Mal gesehen hatte, musste sie sofort an eine Situation damals im Ferienlager denken, die sie schon lange vergessen geglaubt hatte. Anno dazumal hatte sie sich in einen Jungen verguckt, der sich genauso cool und lässig gab – lange bevor sie wusste, dass sie auf Frauen stand. Doch wenig später stellte sich heraus, dass Lisas Schwarm in Wahrheit ein Mädchen war und Carola hieß. Lisa hatte sich die ganzen Ferien über geärgert, nicht mit ihr in ein Zimmer gekommen zu sein. Wahrscheinlich wäre nie etwas zwischen ihnen passiert, aber in jenem Sommer hatte Lisa stets Carolas Nähe gesucht und ihr zu gefallen versucht, wenn auch ohne Erfolg. Und dann stand Joe plötzlich vorgestern vor ihr und erzeugte in ihr sofort dieses Wow-Gefühl, das sie seitdem nie wieder erlebt hatte.

Joe hatte Lisa inzwischen im Türrahmen entdeckt und winkte ihr erfreut zu. »Hey!«, sagte sie und zog Lisa zu sich heran, sobald diese in Reichweite war. »Da bist du ja. Toll siehst du aus.« Sie küsste Lisa mit leicht geöffneten Lippen direkt und unverblümt auf den Mund. Lisa schluckte.

»Du auch«, antwortete sie, als Joe sie losließ, und sah ihr in die Augen. Obwohl es ihr schwerfiel, diesem alles durchlöchernden Blick standzuhalten. Joe sah abwechselnd zu Lisas Lippen und ihrem Ausschnitt. Dabei lächelte sie vielversprechend.

»Du musst mich noch kurz entschuldigen«, bat sie schließlich »ich spiele nur die Partie zu Ende. Dann bin ich nur für dich da.« Sie zwinkerte und wandte sich wieder dem Billardspiel zu.

Lisa bestellte sich einen Weißwein, setzte sich in die Nähe des Billardtisches und beobachtete Joes geschicktes Agieren mit dem Queue. Dann glitt ihr Blick bewundernd zu Joes rundem Hintern, der in der engen Lederhose besonders gut zur Geltung kam, vor allem, wenn sie eine der Kugeln spielte und weit vorgebeugt über dem Tisch hing. Als nur noch die letzte, schwarze Kugel auf dem Tisch lag, ging es einige Male hin und her, doch schließlich konnte Joe das Spiel für sich entscheiden. Sie klatschte sich mit dem langhaarigen Typen ab und schlenderte dann auf Lisa zu.

»Glückwunsch, gut gespielt«, lobte Lisa und versuchte locker zu klingen.

Joe zog einen Stuhl dicht an Lisas heran und flüsterte ihr ins Ohr: »Das liegt an dir. Du bringst mir Glück.«

Lisa bekam eine Gänsehaut. »Das hoffe ich doch!« Sie lachte, legte sich ihr lockiges Haar über eine Schulter und drehte eine Haarsträhne um ihren Finger, während sie Joe weiter anlächelte und die Lippen übereinanderschob, so als wolle sie Lippenstift verteilen. Joe schwieg und sah sie ihrerseits mit unverhohlenem Interesse an. Lisa glaubte unter ihren heißen Blicken zu verbrennen. Als es schier unerträglich wurde, zog Joe sie auf ihren Schoß. Sie berührte zuerst Lisas Hals, fuhr ihr dann mit den Fingern unter die Bluse, um ihre Schulter zu streicheln. Die Liebkosung ging Lisa durch Mark und Bein. Halb erregt, halb erschrocken sah sie sich im Raum um. Sie waren ganz allein.

Gekonnt schob Joe ihr einen BH-Träger von der Schulter und beobachtete verschmitzt ihre Reaktion. Sie genoss das kleine Spiel sichtlich. »Wie geht's dir? Hattest du einen angenehmen Tag?«, fragte sie dann ganz unschuldig und holte den Träger zurück auf Lisas Schulter.

»Ja, mein Tag war schön. Er wollte nur nicht vergehen.« Lisa lachte, legte die Arme um Joes Hals, spielte an deren einzigem Ohrring herum und fuhr ihr zärtlich durch das Nackenhaar. »Und deiner?«

Joe erzählte von ihrem Arbeitstag in der Autowerkstatt, von den Kollegen und den neusten Aufträgen. Lisa hing an ihren Lippen, und Joes Blick ließ sie keinen Moment los. Schließlich schwieg Joe und fuhr mit einem Finger vorsichtig die Grübchen in Lisas Wangen entlang.

»Wollen wir zu mir gehen?«, fragte sie nach einer Weile. Mit Lisa im Arm, als sei diese ein Fliegengewicht, stand sie vom Stuhl auf und setzte sie auf der Kante des Billardtisches wieder ab. Dann schob sie sich zwischen Lisas Beine, fuhr ihr mit den Fingerspitzen die Lippen nach, die sich wie von selbst öffneten, und bedeckte sie mit kessen, neckenden Küssen. Lisa stöhnte leise, aber hörbar auf.

»Einverstanden«, hauchte sie. Einen Moment später verließen sie beinahe fluchtartig die Kneipe.

Als sie Joes Apartment betraten, beschwerte sich Lisa: »Ich weiß noch gar nichts über dich.«

»Wir verbringen Zeit miteinander. Dann wirst du mich besser kennenlernen.« Joe zog sich ihr T-Shirt über den Kopf, ließ es auf den Boden fallen und stand mit nacktem Oberkörper im Flur. Ihre kleinen, festen Brüste hatten sich zusammengezogen. Mit einem Schlag vergaß Lisa all ihre Bedenken. Sie war nicht fähig, den Blick von Joes wunderbarem Körper abzuwenden. Sanft berührte sie Joes Busen und begann ihn zu streicheln.

»Ich bin unheimlich scharf auf dich«, flüsterte Joe. Sie drückte Lisa mit ihrer Körperkraft gegen den Türrahmen, knöpfte ihr eilig die Bluse auf und öffnete geschickt ihren Büstenhalter. Dabei küsste sie sie leidenschaftlich. Schwer atmend sanken beide schließlich auf den Boden und rieben gierig ihre Hüften aneinander. Joe schob Lisa ein Bein zwischen die Schenkel, und Lisa presste sich fest dagegen.

»Wo willst du es haben?«, fragte Joe und grinste Lisa verführerisch an.

Lisa grinste zurück. Vorfreude und Erregung ließen ihren Puls galoppieren. »So wie gestern!«

Statt einer Antwort zog Joe sie an den Armen hoch und führte sie in das geräumige Wohnzimmer mit der großen Tafel aus Holz, die den Mittelpunkt des Raumes bildete. Sie hob Lisa auf den Tisch und blieb selbst davor stehen.

»Entspann dich, Baby«, sagte sie sanft, und Lisa folgte ihr nur zu gern. Zwischen ihren Beinen brannte es heiß. Sie konnte es kaum erwarten, wieder von dieser Frau verwöhnt zu werden.

Atemlos legte sie sich auf den Tisch, stützte sich seitlich mit den Armen ab und spürte, wie ihr Herz gegen ihren Brustkorb hämmerte. Sie drängte Joe mit kreisenden Hüften entgegen, die ihr bereits mit flinken Fingern die Jeans öffnete. Mit der flachen Hand fuhr sie ihr dann endlich zwischen die Beine und streichelte sie geschickt.

Lisa schloss die Augen. Was Joe da machte, war einfach nur Wahnsinn. »Hör nicht auf«, raunte sie.

»Niemals, Baby.« Joe lachte leise auf. Offenbar fühlte sie sich in ihren Künsten bestätigt. Mit einer einzigen Bewegung zog sie Lisa die Hose über Hintern und Beine hinunter, warf sie achtlos in die Ecke und schaute Lisa aufreizend an.

Warum machte sie nicht weiter? Um Joe zur Fortsetzung ihrer Zärtlichkeiten zu animieren, öffnete Lisa lasziv den Mund und befeuchtete ihre Lippen mit der Zunge. Fast nackt und ohne Hemmungen lag sie vor Joe. Sie konnte sich nicht erinnern, sich jemals so frei gefühlt zu haben.

Jetzt zog auch Joe ihre Lederhose aus und ließ sie auf den Boden fallen. »Bleib so«, flüsterte sie. »Beweg dich nicht.«

Zum Zerreißen angespannt blieb Lisa auf dem Tisch liegen, während Joe kurz in der Küche verschwand und mit einem Glas voller Eiswürfel wiederkam. Sie nahm einen aus dem Glas, leckte daran und küsste Lisa anschließend mit ihrer kalten Zunge. Dann berührte sie Lisas Brustwarzen mit dem Eis, die sich sofort steil aufstellten. Sie stöhnte genüsslich und begann, an den harten Knospen zu saugen. Lisa bäumte sich wild ihrem Mund entgegen. Oh Gott, das war so unglaublich! Sie konnte längst an nichts anderes mehr denken als daran, mit Joe zu schlafen.

Diese arbeitete sich weiter nach unten und landete schließlich zwischen Lisas Beinen. Sie zog Lisas Slip beiseite, näherte sich langsam ihrer Mitte und kitzelte sie gekonnt an den richtigen Stellen mit ihrer feuchten, warmen Zunge. Lisa stöhnte laut. Joe brachte sie fast um den Verstand. Erst recht, als sie in das Fleisch ihrer weit geöffneten Schenkel griff. Lisa schrie auf und war kurz davor zu kommen, als Joe innehielt und ihr dort unten mit dem Eis Abkühlung verschaffte.

Erneut entwich Lisa ein spitzer Schrei, und sie hob atemlos den Kopf, um Joe empört die Meinung zu sagen. Doch diese begann sich gerade selbst zu befriedigen, und der Anblick war so erregend, dass Lisas Entrüstung sich augenblicklich in Luft auflöste. Joe stöhnte unbeherrscht und laut, griff fest in Lisas Hintern, bevor sie zum Höhepunkt kam und erleichtert auf Lisa zusammensackte. Aber rasch hatte sie sich wieder erholt, sah Lisa an wie ein hungriges Raubtier und fuhr dann fort, sie mit ihrer geschickten Zunge zu verwöhnen. Sie küsste und reizte sie unentwegt, erst sanft, dann fordernder, und Lisa stöhnte immer lauter, bis es ihr schließlich unerwartet heftig kam. Erschöpft lag sie auf dem Holztisch und konnte eine ganze Weile keinen Muskel rühren.

Joe zog sie zu sich hoch. »Küss mich, Baby«, sagte sie zärtlich und hielt Lisa fest in den Armen.

Immer noch außer Atem schmiegte sich Lisa an den Hals dieser fremden Frau, die sie so heiß geliebt hatte. Träumerisch murmelte sie: »Du riechst so gut. Welchen Duft benutzt du?«

»Egoiste«, sagte Joe grinsend. Sie entließ Lisa aus ihrer Umarmung und zog sich ihre Hose an.

»Lässt der Name des Parfums auf eine deiner Charaktereigenschaften schließen?«, fragte Lisa kess.

»Mmh, ich weiß nicht ... Ich denke, dass ein gesunder Egoismus wichtig ist, um zu überleben in unserer chaotischen Welt.« Joe überlegte kurz und schaute mit gekräuselter Stirn zur Decke. Dann zog sie Lisa wieder in ihre Arme. »Und vielleicht hilft er jedem Einzelnen, seine Träume voranzubringen und sie dann auch zu verwirklichen. Aber Lisa, das Thema ist zu schwer für heute Nacht. Es ist spät, lass uns schlafen gehen.«

Lisa war einverstanden und ließ sich von Joe ins Schlafzimmer führen, ins Bett, in dem sie schon letzte Nacht geschlafen hatte. Doch jetzt war an Schlaf noch nicht zu denken. Sie umarmten und küssten und atmeten einander gierig und lagen so eng, dass keine den Unterschied spüren konnte zwischen ihrer eigenen und der Haut der anderen.

Der Wecker riss Joe aus dem Tiefschlaf. Lisa grummelte neben ihr, und Joe küsste sie, bevor sie aufstand, in die Küche schlich und den Knopf der Kaffeemaschine drückte. Dann schlüpfte sie unter die Dusche und streckte sich wohlig in dem heißen Wasser, das auf sie herunterprasselte.

Da schlüpfte Lisa nackt und fast lautlos zu ihr in die Duschkabine hinein. Wie schlank sie war, fiel Joe zum ersten Mal auf. Kein Wunder, sie sahen sich auch zum ersten Mal bei Tageslicht. Joe schaute Lisa überrascht an, aber Lisa lachte nur und küsste sie innig, während das warme Wasser über ihre Lippen und die nackten Körper floss. Dann ließ sich Lisa vor Joe auf die Knie sinken und schaute lasziv zu ihr auf. »Ich schulde dir noch etwas.«

Und ehe Joe sich's versah, streichelte Lisa mit beiden Händen ihren Bauch und Hintern und liebkoste gleichzeitig mit der Zunge ihren Bauchnabel, bevor sie tiefer hinunterglitt. Joe stöhnte in freudiger Erwartung laut auf. Sie hielt sich mit den Händen an der Duschstange fest, schloss die Augen und legte den Kopf in den Nacken. Währenddessen streichelte Lisa sie mit sanftem Druck und begann dann mit ihrer Zunge den kleinen Knoten zwischen ihren Beinen zu massieren. Joe spreizte sie weiter, um Lisa mehr Spielraum zu geben. »Ja, jaa, jaaa, Lisa«, keuchte sie.

Lisa verwöhnte sie immer schneller, bis es ihr kam und sie mit einem Aufschrei zusammensackte.

Sanft schob sie Lisas Kopf weg. »Hey, Baby, das war wirklich schön.« Sie zog Lisa zu sich hoch und küsste sie auf Hals und Schultern. »Ich würde dich gern wiedersehen. Ich könnte dich zu meinem Lieblingsitaliener ausführen. Was meinst du?« Lächelnd stellte sie den Wasserhahn ab und reichte Lisa ein frisches Handtuch.

»Dann kommen wir vielleicht endlich dazu, uns zu unterhalten«, sagte Lisa erfreut. Übermütig lachend warf sie den Kopf nach hinten, dann band sie sich einen Turban und griff nach einem weiteren Handtuch. »Soll ich dich abholen?«

»Gern, Baby.« Joe zwinkerte ihr zu und wandte sich dann in Richtung Spiegel. Geschickt fuhr sie sich durch die Haare, um sie anschließend mit Haarspray zu fixieren.

Lisa schaute Joe verliebt von der Seite an. Joes selbstbewusste, selbstverständliche Art faszinierte sie immer wieder aufs Neue. Gleichzeitig konnte sie es kaum glauben, dass diese Wahnsinnsfrau sie tatsächlich attraktiv fand – und offenbar nicht nur das, sondern sogar erregend ... Hoffentlich würde sie ihr das Wasser reichen können, wenn sie einander näherkommen sollten.

»Baby, ich muss los«, riss Joe sie aus ihren Gedanken. »Lass dir alle Zeit der Welt, der Kaffee steht in der Küche.« Sie drückte Lisa einen Kuss auf die Wange und schlüpfte aus dem Badezimmer.

Lisa lächelte ihr nach und betrachtete sich dann im Spiegel. Ihr gefiel, was sie sah. Etwas Müdigkeit durch akuten Schlafmangel war ihr zwar anzusehen, aber Glück und Sinnlichkeit standen ihr umso besser. Ihre Augen hatten schon eine Ewigkeit nicht mehr so gestrahlt. Das machte die erotischste Nacht aller Zeiten, die sie mit der wunderbaren Joe verbracht hatte.

Joe steckte noch einmal den Kopf durch die Tür: »Fühl dich wie zu Hause! Zieh nachher einfach wieder zu.« Sie schickte einen Handkuss. »Baby, ich freue mich auf dich nachher. Um sieben?«

»Wie lange bist du schon allein?«, fragte Lisa und nippte an ihrem Rotwein. Sie saßen sich bei dem kleinen, gemütlichen Italiener um die Ecke gegenüber, und offensichtlich hatte Lisa sich vorgenommen, Joe heute Löcher in den Bauch zu fragen.

Joe legte ihre Hände um Lisas und bemühte sich, Rede und Antwort zu stehen. »Um ehrlich zu sein, bin ich schon lange Zeit ohne feste Freundin«, begann sie und ließ den Blick durch den Raum schweifen. »Mir hat es nie an etwas gefehlt, und ich bin ziemlich freiheitsliebend.«

Das schien nicht die Antwort zu sein, die Lisa glücklich stimmte, das sah Joe sofort. Eine steile Falte war auf Lisas Stirn erschienen, und ihr Lächeln wirkte plötzlich starr. Doch sie richtete sich kerzengerade auf, wie um entschlossener zu wirken, und erklärte: »Ich suche eine neue Liebe, jemanden, mit dem ich mein Leben teilen kann. Jemanden, der mich zum Lachen und Nachdenken bringt. Ich wünsche mir eine Frau, der ich vertrauen kann. An einem sexuellen Abenteuer allein bin ich wirklich nicht interessiert.«

Joe hob ihr Glas, um mit Lisa anzustoßen. »Darauf trinken wir! Lass uns in Ruhe abwarten, wie sich alles zwischen uns entwickelt, okay?« Sie wollte Lisa nicht sofort verschrecken. Die Kleine gefiel ihr verdammt gut.

Immerhin: Lisa nickte, auch wenn sie sich dabei auf die Unterlippe biss.

Der Kellner kam an ihren Tisch, fragte, ob das Essen geschmeckt hätte, was beide Frauen lächelnd bejahten, und nahm ihre leeren Teller mit. Joe wartete, bis er verschwunden war, bevor sie das Gespräch fortsetzte: »Wie hast du die letzte Zeit verbracht?«

Lisa schien nachzudenken, nach Worten zu suchen. Sie presste die Lippen aufeinander und begann dann stockend zu erzählen. »Gina und ich haben uns vor achtzehn Monaten getrennt. Es war ziemlich dramatisch für mich, weil sie mich nach fast vier Jahren Beziehung mit einer guten Bekannten betrogen hat. Ich habe sie sehr geliebt und wäre wahrscheinlich bis ans Ende der Welt mit ihr gegangen. Wir wollten sogar heiraten. Sie hat das aber anscheinend anders gesehen ... Ich war lange Zeit sehr traurig und habe eine gefühlte Ewigkeit niemanden an mich herangelassen.«

Joe hatte aufmerksam zugehört und spürte zunehmend eine Verantwortung, die sie nur zu gern auf andere Schultern verteilt hätte. Viel zu schnell wurde es zu ernst zwischen ihnen – das war nicht gut. Es würde nur in einem weiteren Drama enden. Sie durfte Lisa keine Hoffnung machen.

»Es tut mir sehr leid«, sagte sie ernst, »dass du so verletzt worden bist. Gerade deshalb bitte ich dich inständig, dich nicht von mir abhängig zu machen. Wir genießen, was uns guttut, aber jede lebt ihr eigenes Leben weiter. Das ist mir wichtig.« Joe faltete die Hände wie zum Gebet und sah Lisa unverwandt an, ohne zu lächeln.

Lisa schluckte und trank einen großen Schluck Wein. Es war deutlich sichtbar, dass sie enttäuscht war. Das tat Joe leid, aber sie hatte sich nichts vorzuwerfen: Sie war ehrlich gewesen. Dass sie unterschiedliche Vorstellungen hatten, wie es weitergehen sollte, war nicht ihre Schuld. Sie beobachtete, wie Lisa eine Weile mit sich zu hadern und schließlich einen Entschluss zu fassen schien.

»So lassen wir das stehen«, sagte sie gefasst und stand auf. »Du entschuldigst mich einen Augenblick?« Damit verschwand sie in Richtung der Toilette.

Joe knabberte an einem Fingernagel herum und dachte angestrengt nach. Warum wollten alle Frauen, die sie kennenlernte, sofort eine Beziehung eingehen? Waren diese Frauen einfach zu unselbständig und machten ihr Glück abhängig von einem Lebenspartner? Etwas in ihr sträubte sich heftig gegen diese Art von Abhängigkeit, und jenes unbehagliche Gefühl kam nicht zum ersten Mal in ihr hoch. Sie konnte Nähe nicht allzu gut ertragen. Sie engte sie ein, ließ ihr keine Luft zum Atmen.

Oder hieß das vielleicht, dass sie selbst beziehungsunfähig war? All ihre Befindlichkeiten rührten aus Kindertagen, so viel war ihr klar, denn auch sie war enttäuscht worden. Heftig enttäuscht worden.

Sie sah Lisa wiederkommen und verlor sich eine Sekunde im Anblick ihrer Schönheit und Grazie. Lächelnd empfing sie Lisa am Tisch zurück.

»Möchtest du noch was Süßes?«, frage sie höflich und hob verführerisch die Augenbrauen. Als Lisa verneinte, bestellte Joe stattdessen einen weiteren halben Liter Rotwein. Dann lenkte sie das Gespräch ganz bewusst auf etwas weniger Ernstes: »Ich habe heute einen roten Ferrari repariert.«

»Echt?«, fragte Lisa aufrichtig interessiert und strahlte sie an.

Joe nickte. »Der Typ, der ihn abgegeben hat, war ein arrogantes Arschloch. Er hat behauptet, dass es am Vergaser liegt, aber in Wirklichkeit hatte die Lichtmaschine das störende Geräusch erzeugt. Das hatte ich ihm auch gleich gesagt, aber der Typ stritt sich bis aufs Messer mit mir herum.« Sie grinste. Auch jetzt noch bereitete es ihr diebische Freude, dass sie recht behalten hatte.

»Seit wann gehört dir eigentlich die Werkstatt?«, fragte Lisa wissbegierig und strich sich die Haare hinters Ohr.

Joe verfolgte die elegante Bewegung mit den Augen, dann griff sie wieder nach Lisas Händen. »Seit gut drei Jahren bin ich die Eigentümerin, nachdem mein Partner ausgestiegen ist. Es läuft gut, aber ich muss am Ball bleiben. Ständig und selbst heißt die Devise.«

»Hast du bei all der vielen Arbeit noch Zeit für die Liebe?« Ein provozierender Ausdruck trat in Lisas Augen.

Anstatt zu antworten, berührte Joe Lisas Lippen und sagte, zärtlich und fordernd zugleich: »Ich würde dich jetzt gern küssen und streicheln.«

Lisas Züge wurden weich. Sie griff nach Joes Arm, der vom Handgelenk bis hoch zum Ellenbogen mit einer Schlange tätowiert war. Die Kobra schlug ihre scharfen Zähne in ein blutendes Herz. Sanft fuhr Lisa das Tattoo mit ihrem Zeigefinger nach. »Für wen steht die Schlange?«, fragte sie.

Joe überlegte einen Augenblick. Das war ein heikles Thema, und sie wollte Lisa nicht gleich ihr halbes Leben offenbaren. Aber schließlich entschied sie sich doch für die Ehrlichkeit. »Für meine verkorkste Kindheit«, sagte sie und rieb sich mit einer Hand die Stirn. Dann lenkte sie ab: »Baby, der Abend ist zu schön, um über längst vergangene, scheußliche Dinge zu reden. Erzähl mir lieber mehr von dir. Hast du nette Eltern, Geschwister?«

Lisa überhörte die Frage und schaute Joe liebevoll an. »Ist es *dein* Herz, in das die Schlange ihre Zähne gräbt?«

Joe atmete hörbar aus, zog ihre Hand von Lisas weg und begann nervös ihr Glas hin und her zu drehen. Das Gespräch ging ganz eindeutig nicht in eine Richtung, die ihr besonders behagte. »Ja, Baby, es ist meins.« Hastig winkte sie den Ober heran und verlangte die Rechnung.

»Sorry, es tut mir leid.« Lisa griff erneut nach Joes Arm und streichelte ihn. »Ich hör jetzt auf, in deiner Vergangenheit zu bohren. Ich interessiere mich einfach nur für dich.«

»Ich weiß, schon gut.« Joe lächelte kurz, zahlte und gab dem freundlichen Kellner ein großzügiges Trinkgeld.

Arm in Arm schlenderten beide anschließend durch die menschenleere Altstadt. Es war schon dunkel, dabei aber mild und fast windstill. Joe ließ ihre Gedanken schweifen und konzentrierte sich aufs Fühlen. Es war schön, Lisa neben sich zu spüren, wie sie sich an sie schmiegte. Aber sie war sich bewusst, dass es auch gefährlich war. Zu viel Nähe zwischen ihnen war nicht gut, für sie beide nicht.

Lisa blieb stehen. »Danke für die Einladung«, flüsterte sie und umschlang Joe mit beiden Armen.

Joe wiegte sie von links nach rechts und drehte sich schließlich mit ihr im Kreis. Lisa lachte ausgelassen.

»Du bist schon eine Süße«, sagte Joe, zog Lisa zu einer Bank und nahm sie auf den Schoß. Sie streichelte Lisa über die Haare, den Hals und Nacken. Wie lang und schlank ihr Hals war. »Ich möchte mehr von dir erfahren, Lisa. Aber du darfst nicht zu viel von mir erwarten, hörst du?« Joe hielt inne und sah in den Sternenhimmel über ihnen. Der Große Wagen war ganz deutlich zu erkennen. »Ich bin keine Frau zum Heiraten und Kinderkriegen. Das solltest du wissen, bevor du dich weiter mit mir triffst.«

Sie hatte ein wenig Angst vor Lisas Reaktion. Würde sie weinen? Sie bestürmen, anflehen, vom Gegenteil zu überzeugen versuchen?

Doch Lisa sagte nur: »Schade. Da begegne ich nach einer gefühlten Ewigkeit einer tollen Frau, die mich mit aller Macht anzieht, und dann erzählt sie mir diesen Mist.«

»Ich bin nur aufrichtig«, stellte Joe klar. »Es ist deine Entscheidung, was du daraus machst oder nicht machst. Und sag nicht, ich hätte dich nicht gewarnt!« Der letzte Satz sollte erheiternd klingen, aber Lisa lachte nicht.

Joe fasste sie am Kinn und zwang sie sanft, aber bestimmt, sie anzusehen. Zärtlich strich sie ihr eine Haarsträhne vom Mund und hinters Ohr. »Überleg es dir in Ruhe, okay?«

»Da brauche ich nicht lange zu überlegen. Ich will dich weiter treffen«, sagte Lisa zu Joes Überraschung. Sie klang entschlossen.

»Auch wenn wir anscheinend unterschiedliche Auffassungen von einer glücklichen Beziehung haben.« Sie lachte. Im Schein der Laterne sah Joe ihre frechen Sommersprossen tanzen.

Joe lachte mit. »Das freut mich.« Sie wippte und wackelte ungestüm wie ein galoppierendes Pferd mit den Knien, und Lisa wäre beinahe von ihrem Schoß gerutscht, hätte sie sich nicht rasch an ihren Hals geklammert. Sie umarmten sich, bis ihr Lachen in einem langen, leidenschaftlichen Kuss erstickte. Joe ließ ihre Zunge sehr geschickt zwischen zärtlichen und fordernden Neckereien abwechseln und konnte spüren, dass Lisa heiß wurde. Schließlich setzte sich Lisa breitbeinig auf ihren Schoß, rieb sich an ihr, öffnete genießerisch den Mund und hauchte Joe heiser ins Ohr: »Ich will mit dir schlafen.«

Joe schob sie ein wenig von sich weg. »Heute nicht, Baby. Ich muss dich enttäuschen. Ich muss morgen nach Potsdam, um Ersatzteile abzuholen, und sehr früh aufstehen. Aber wir sehen uns am Wochenende, und dann verwöhne ich dich. Einverstanden?«

Lisa gab sich ungerührt. »Kein Problem«, behauptete sie. »Mir wird es auch guttun, ein paar Stunden mehr zu schlafen.«

Zufrieden lächelte Joe sie an. Dass Lisa keine Klette war, war doch ein gutes Zeichen. Und obwohl Joe auch scharf auf Lisa war, so wollte sie den blonden Engel doch lieber etwas auf Abstand halten.

Die drei Tage und Nächte bis zum Wochenende kamen Lisa endlos vor. Dabei tat sie wirklich alles, um sich abzulenken. Tagsüber vergrub sie sich in ihrer Arbeit, ging anschließend zum Sport und traf sich mit Ben, ihrem lieben Freund und Kollegen, um ihm alles über Joe zu erzählen. Dennoch verging die Zeit im Schneckentempo, und jedes Mal, wenn sie an das bevorstehende Treffen mit Joe dachte, wurde ihr ganz schwindlig. Sie musste sich eingestehen, dass sie bis über beide Ohren verliebt war.

Dass sie am Mittwochabend miteinander telefonierten, verstärkte ihre Sehnsucht nur noch. Viel lieber hätte sie das Gespräch persönlich geführt. Joe erzählte von ihrer Arbeit in der Werkstatt und beschrieb ihre Kunden und deren Eigenarten so lebhaft, dass Lisa sich vorstellen konnte, bei den Kundengesprächen dabei gewesen zu sein. Und Joe war auch aufmerksam und verständnisvoll, wenn Lisa von sich erzählte. Dennoch wurde Lisa das Gefühl nicht los, dass Joe sie auf Distanz hielt.

Schließlich wagte sie es, das Gespräch auf ihr nächstes Treffen zu lenken. »Kommst du am Freitag zu mir nach Hause? Ich habe Lust, uns was Schönes zu kochen«, schlug sie vorsichtig vor und versuchte, nicht allzu hoffnungsvoll zu klingen. Scherzhaft fügte sie noch hinzu: »Hast du irgendwelche Allergien?«

»Ich bin Veganer mit einer Allergie gegen Gemüse«, konterte Joe lachend und erklärte im nächsten Satz, dass sie natürlich gern kommen würde. Lisas Herz machte einen Freudensprung.

Am Freitag meldete sie sich kurzerhand krank und verbrachte den ganzen Vormittag damit, sich auf den bevorstehenden Abend vorzubereiten. Sie putzte die gesamte Wohnung, wobei sie das Bett mit ihrer neuen roten Bettwäsche bezog, plante ein Drei-Gänge-Menü inklusive Einkauf, verbrachte mehrere Stunden in der Küche und widmete sich anschließend intensiv der Körperpflege – sozusagen in Vorfreude auf die bevorstehende Liebesnacht mit Joe. Wie ein aufgeschrecktes Huhn huschte sie durch die Gegend und schüttelte zwischendurch über sich selbst und ihr übertriebenes Balzverhalten den Kopf. Dann war es endlich so weit.

Joe hatte die Tage wie gewohnt in der Werkstatt und die Abende mit der Buchhaltung im Büro verbracht. Oft hatte sie dabei an Lisa gedacht. Als endlich das Wochenende vor der Tür stand, musste sie einsehen, dass sie sich richtig auf das Zusammensein mit ihrem blonden Engel freute.

War das nun gut oder schlecht? Einerseits hatte sie Angst davor, Lisa zu verletzen. Sie war nun mal nach wie vor nur an einer lockeren, sexuellen Beziehung interessiert. Mit jemandem ins Bett zu gehen, ihren Spaß zu haben und dann ohne Verpflichtungen wieder auseinandergehen zu können – das war ihr Ding. So konnte sie ihre Freiheit bewahren, musste aber auf Sex nicht verzichten, und wenn es zu ernst wurde, dann war es eben vorbei. Lisa sah das ganz offensichtlich anders. Auf die Dauer konnte das nicht gutgehen. Andererseits ... Sie fand Lisa ausgesprochen aufregend und war gern mit ihr zusammen. Und es war Lisas Entscheidung gewesen, sich trotz ihrer Differenzen weiter mit ihr zu treffen. Warum sollte sie sich den Genuss also versagen?

Für den vierten Abend mit Lisa entschied Joe, sie mit einer schwarzen Jeans und einem engen weißen T-Shirt, über dem sie locker ein Paar passende Hosenträger trug, zu begeistern. Damit kombinierte sie schwere Boots und stylte ihr dunkles Haar perfekt wild in alle Richtungen. Sie war sich ihrer Wirkung auf Frauen durchaus bewusst und setzte ihre Reize gekonnt in Szene. Mittendrin hielt sie kurz inne und sah ihr Spiegelbild nachdenklich an: War das wirklich eine gute Idee, Lisa gegenüber so betont verführerisch aufzutreten? Aber sie schob den Gedanken rasch beiseite. *Es war ihre Entscheidung,* sagte sie sich erneut. So erschien sie pünktlich um sieben Uhr mit einem Strauß roter Tulpen in der einen und ihrem glänzenden Motorradhelm in der anderen Hand vor Lisas Tür.

»Hallo, komm rein.« Lisa öffnete Joe gutgelaunt im kleinen Schwarzen die Tür. Ihr Herz klopfte wie nach einem 100-Meter-Sprint. Zu groß war die Freude des Wiedersehens, zu lange hatte sie diesem Moment entgegengefiebert.

Sie stürzte sich gierig in Joes Arme, wobei Joe den Blumenstrauß hinter Lisas Rücken in Sicherheit brachte, den Helm ablegte und sich von ihr abknutschen ließ. Joe roch nach einer Mischung aus Vanille und Moschus. Lisa schloss die Augen und sog diesen wunderbaren Duft tief in sich auf.

»Hey, Baby, toll siehst du wieder aus«, sagte Joe, als sie Lisa losließ. »Schwarz steht dir ausgesprochen gut.« Sie reichte Lisa ihre Lederjacke und übergab die Blumen.

»Danke, Joe.« Lisa wurde rot. Solche Komplimente hatte ihr noch nie jemand gemacht. Sie wusste gar nicht, wie sie darauf reagieren sollte. Schnell verschwand sie auf der Suche nach einer Vase in die Küche, und Joe folgte ihr.

»Ich hoffe, du hast Hunger mitgebracht«, meinte Lisa, als sie sich wieder gefasst hatte. »Es gibt Risotto mit Nüssen und Tofu.« Grinsend arrangierte sie die Blumen in der Vase.

Joe lächelte unsicher, bis Lisa laut auflachte. »Spaß beiseite. Da ich geahnt habe, dass du gar kein Veganer bist, gibt es zum Auftakt eine Spargelcremesuppe mit Scampi und Ingwer, anschließend die beste Lasagne der Welt und zum Nachtisch …« Sie machte eine bedeutungsvolle Pause und wandte sich dem Topf auf dem Herd zu.

Joe atmete hörbar auf.

»Der Nachtisch wird nicht verraten«, fügte Lisa hinzu, rührte die Suppe um und goss dann Weißwein in zwei Gläser. Joe saß auf einem Barhocker und sah ihr amüsiert zu. Sie schien es Lisa nicht übelzunehmen, dass diese sie ein bisschen veräppelt hatte.

Die beiden Frauen hoben ihre Gläser. »Auf unser Wiedersehen!«, prostete Joe Lisa zu und schaute sich um. »Schön ist es hier. Hast du die Bilder selbst gemalt?«

»Ja, habe ich«, sagte Lisa stolz. »Allerdings sind sie abgemalt. Das hier über dem Tisch ist zum Beispiel von Romero Britto, einem Pop-Art-Künstler, und das kleinere daneben ist im Stil von Kandinsky gemalt. Beide in Acryl auf Leinwand.« Ihr Blick glitt von den Bildern zu Joe und ließ sie nicht wieder los.

Diesen Blick kannte Joe schon. Er transportierte eine Gefühlsmischung aus *Ich finde dich toll* und *Ich bin gerade sehr glücklich mit dir.* Für den Moment war ihr das entschieden zu viel. Sie stand auf und ging über den Flur ins Wohnzimmer.

»Ist es in Ordnung, wenn ich mich ein wenig umschaue?«, fragte sie.

»Klar, fühl dich wie zu Hause«, antwortete Lisa aus der Küche.

Lisas Wohnung war modern und stylisch eingerichtet. Joe fand, dass das große, rote Sofa hervorragend mit den weißen Hochglanzmöbeln und den bunten, poppigen Bildern an den Wänden harmonierte. Lisa hatte wirklich Geschmack. Zwar war Joe selbst komplett anders eingerichtet, über ein schlichtes Schwarz-Weiß ging es bei ihr nicht hinaus, aber auch Lisas Stil gefiel ihr. Aus den Lautsprechern erklang Rio Reisers *Für immer und dich.* Die ruhigen Klänge versetzten Joe in eine leicht melancholische Stimmung. Um sie abzuschütteln, ging sie zu dem einzigen Bücherregal und schaute, den Kopf leicht schiefgelegt, neugierig nach den Buchtiteln. Sie fand Gedichtbände, Lebenshilfebücher und Reiseführer, daneben aber auch Krimis von Stephen King und etliche lesbische Liebesromane. Sie grinste.

Hinter ihr trat Lisa ins Zimmer und stellte die zwei Suppenteller auf den Glastisch, dann kam sie zu Joe und umarmte sie von hinten. Für einen winzigen Moment versteifte sich Joe, aber dann ließ sie sich in die Umarmung hineinfallen. Es tat gut, Lisas Arme um sich zu spüren.

Nachdem sie die Suppe gegessen hatten und Joe Lisas vorzügliche Kochkünste ausgiebig gelobt hatte, trug Lisa die Lasagne auf, die nicht weniger schmackhaft war. »Ich finde, ich habe das Essen ein µ übersalzen«, stellte Lisa fest und schaute amüsiert drein. »Du weißt ja, dann ist der Koch verliebt.«

»Du bist eine tolle Köchin«, stellte Joe erneut fest und überging die Bemerkung über die Verliebtheit geflissentlich. Ernster fügte sie hinzu: »Bekomme ich jetzt meinen Nachtisch? Und ich meine damit nichts Essbares, Baby.«

Lisa schluckte und befeuchtete ihre Lippen. Dann stand sie auf, nahm Joes Hand und führte sie wortlos in das großzügige Schlafzimmer.

Was Joe erblickte, hätte romantischer kaum sein können. Lisa hatte etliche Teelichter in bunten Glasgefäßen überall im Raum verteilt, und im Schimmer der roten Bettwäsche leuchtete der gesamte Raum in warmen Feuertönen. Joe streifte ihr Shirt ab. Mit freiem Oberkörper und Hosenträgern stand sie vor Lisa und begann sie stürmisch zu küssen. In einer Atempause löste sie sich dann von ihr und schlug die Federbetten beiseite, so dass das rote Laken sich einladend vor ihnen auftat.

»Leg dich hin, Baby«, flüsterte sie Lisa ins Ohr.

Erst jetzt entdeckte sie ein Paar Handschellen auf dem Nachttisch, die Lisa ganz offenkundig mit Absicht dort abgelegt hatte. Ein Grinsen stahl sich auf Joes Gesicht. Ihr blonder Engel war anscheinend gar nicht so unschuldig. Sie nahm die Handschellen und befestigte sie sogleich an Lisas Handgelenken und dem Messinggestell des Bettes. Lisa ließ alles willig geschehen und atmete schnell und flach. Erst als sie ausgestreckt auf dem Rücken lag, die Arme nach oben ausgestreckt und die Hände ans Bett gefesselt, trafen sich ihre heißen Blicke.

Joe sah Lisa unverwandt an, während sie ihr das Kleid über den Hintern nach oben schob. Zu ihrem Erstaunen bemerkte sie, dass Lisa keinen Slip trug.

»Hey, Baby, du weißt, was mich scharfmacht«, sagte sie lächelnd und zog das Kleid noch weiter hoch, bis Lisas nackte, weiße, wohlgeformte Brüste mit den rosa Höfen entblößt zum Vorschein kamen. Joe stöhnte wohlig auf und griff sich selbst fest in den Schritt, bevor sie das Stück Stoff noch höher streifte und schließlich über Lisas Kinn bis über die Augen zog. Dort ließ sie es liegen. Lisa war nun blind. Ihr nackter Anblick war unglaublich erregend.

»Lieb mich«, flehte Lisa und wand sich auf dem Laken wie ein Fisch auf dem Trockenen, der sich nach Wasser sehnt. Sie bebte Joe entgegen, sichtbar begierig danach, endlich an den richtigen Stellen gekitzelt zu werden.

Joe zog gemächlich ihre Jeans aus und nahm dann noch einmal den Nachttisch in Augenschein. Eine langstielige Feder lag dort – und war das tatsächlich ein Umschnalldildo? Joe pfiff leise durch die Lippen. Lisa hatte wirklich an alles gedacht. Das Bild vom Unschuldsengel würde sie begraben müssen, so viel war klar.

Sie nahm die Feder und strich damit sanft über Lisas Brüste, um kurz danach genüsslich an ihnen zu knabbern. Lisa schrie laut auf, was Joes Lust nur noch weiter anheizte. Sie führte die Feder über Lisas Bauch, zu den zitternden Schenkeln, streichelte den Venushügel abwechselnd mit der Feder und ihren Fingern, die sie zuvor in Lisas Mund angefeuchtet hatte. Lisa stöhnte jetzt heftig und beständig. Nach einem letzten zarten Strich mit der Feder hockte sich Joe rittlings über ihr Gesicht und zog den Stoff von Lisas Kleid ein wenig beiseite, und nach einem kurzen Überraschungsmoment begann Lisa sie ausgelassen zwischen den Schenkeln zu verwöhnen.

Als Joe mit einem lauten Keuchen zum Höhepunkt gekommen war, hob sie sich von Lisas Gesicht, küsste Lisas Lippen, die wunderbar nach Salz und Meer schmeckten, und bedeckte Lisas Augen wieder. »Jetzt bist du dran«, versprach sie ihr.

»Ich weiß«, hauchte Lisa. »Mach's mir einfach heiß.«

Das ließ sich Joe nicht zweimal sagen. Sie küsste Lisas Mitte, die nass und bereit war. Dann nahm sie den Liebesgürtel vom Nachttisch, schnallte ihn sich um Taille und Hintern und stieg damit zwischen Lisas weit geöffnete Beine.

»Zieh die Knie zum Bauch«, raunte sie ihr zu, und Lisa gehorchte. Sie konnte nichts sehen, aber Joe wusste, dass sie alles umso heftiger spürte. Sie berührte Lisas Eingang sanft mit dem Liebesstab, zog ihn aber immer zurück, wenn Lisa sich heftiger zu winden begann, und streichelte sie stattdessen mit der Feder. Lisa flehte nach mehr. Diesmal drang Joe etwas tiefer in sie ein, was Lisa aufschreien ließ, doch bevor Lisa kam, hielt sie inne. Lisa stöhnte und hyperventilierte beinahe.

»Bitte, Johanna«, rief sie keuchend.

Joe reizte Lisa erneut mit der Feder und begann dann ihre Hüften gleichmäßig vor- und zurückzubewegen. Lisa zu lieben und ihrer Ekstase zuzusehen, war einfach unglaublich geil. Lisa konnte nicht genug bekommen, atmete schneller und schneller, und Joe gab ihr, was sie verlangte, bis sich Lisas Körper versteifte, sie mehrmals heftig aufschrie und schließlich völlig erschöpft zusammensackte.

Joe blieb in ihr und bedeckte ihren Körper mit ihrem eigenen. Zärtlich küsste sie Lisas Lippen, knabberte an ihrem Hals und liebkoste ihre Schultern. Als sich Lisa zusehends entspannte, löste Joe ihr die Handschellen, worauf Lisa sofort die Arme um sie schlang, sie mit einem Ruck zu sich herunterzog und sie mit wilder Leidenschaft küsste.

»Willst du mich abhängig von dir machen?«, fragte sie in einer Atempause.

Joe glaubte eine Spur Besorgnis in ihrer Stimme wahrzunehmen. Verlegen lachend schaute sie um sich und mied Lisas Blick. »Wir machen ganz normalen, innigen Sex, Baby«, sagte sie. »Kein Grund zur Sorge.« Dann küsste sie Lisa ausgiebig, streichelte ihr über die wilden Locken und rollte sich neben sie aufs Bett.

Lisa schüttelte ungläubig den Kopf. »Es ist mir etwas peinlich, aber ich muss dir ein großes Kompliment machen. Es hat noch keine geschafft, es mir so genial zu machen! Nicht mal mit Gina war es so schön.«

»Danke, Baby«, sagte Joe, hob den Kopf und grinste ihr zu. »Aber das nächste Mal lasse ich dich länger zappeln.«

Lisa schrie empört auf, wälzte sich auf Joe und hielt sie an den Armen fest. »Untersteh dich«, sagte sie empört. »Oder willst du, dass ich explodiere?«

»Nein, Baby, alles wird dadurch nur intensiver. Das ist das ganze Geheimnis.«

Den ganzen Samstagvormittag verbrachten die beiden im Bett. Lisa war froh, dass Joe blieb. Sie traute ihr durchaus zu, dass sie einfach ging, wenn es ihr zu viel wurde. Dass sie bisher nicht gegangen war, musste bedeuten, dass sie die Zeit mit ihr genoss.

»Hast du Lust, mit mir ans Meer zu fahren?«, fragte Lisa, nachdem sie sich viel Zeit mit dem Aufwachen gelassen hatten. »Vielleicht suchen wir uns eine nette Pension und bleiben bis Sonntag.« Sie war kurz aufgestanden, hatte Kaffee gekocht und warme Brötchen mit Honig und Butter ins Schlafzimmer gebracht, während Joe noch etwas döste.

Jetzt richtete Joe sich auf und nahm sich ein Brötchen, sehr vorsichtig, um mit dem herunterfließenden Honig nicht das Bett zu versauen. Kauend sagte sie: »Baby, an diesem Wochenende stehe ich zu deinen Diensten. Du darfst dir aussuchen, was wir machen. Ich bin dabei.«

Lisa jauchzte erfreut auf und umarmte sie stürmisch, wobei der Kaffeebecher gefährlich schwankte.

Sie beeilten sich, die Brötchen aufzuessen und ihren Kaffee zu trinken, um anschließend noch einmal unter die Bettdecke zu kriechen und jeden Zentimeter der nackten, warmen und noch unbekannten Haut der anderen zu erforschen. Ihre Leidenschaft war noch lange nicht gesättigt. Küssend und streichelnd erkundeten sie ihre geheimsten Zonen.

Anfangs liebten sie sich in fließenden Bewegungen, dann begann Joe Lisa klare Instruktionen zu geben: »Küss meine Brustwarzen. Fester. Noch fester. Ja!« Bereitwillig folgte Lisa den Anweisungen und stimulierte kräftig Joes Brustwarzen, die sich wie Knöpfe aufgerichtet hatten und sich Lisas Mund entgegenreckten. Joe stöhnte genüsslich.

»Jetzt zeig mir deinen tollen Po«, sagte sie dann. Lisa drehte sich geschickt, und Joe begann sie zwischen den Beinen zu küssen und zu streicheln. Lisas Gesicht war nun direkt über Joes Kitzler.

»Mach es so wie ich«, bat Joe. »Genau so.«

Lisa war schon jetzt halb von Sinnen von Joes Liebkosungen. »So?«, fragte sie keuchend nach, senkte ihr Gesicht zu Joes Mitte hinab und kitzelte Joe mal mit spitzem, mal mit sanftem Druck an ihrem Lustgipfel. Sie schaukelten sich gleichzeitig in eine sexuelle Tollheit hinein, die sie für einen Augenblick alles um sich herum vergessen ließ, bis sie beide, schreiend und stöhnend, im selben Moment zum Höhepunkt kamen.

Atemlos lagen sie danach nebeneinander.

»Erzähl mir etwas von dir«, forderte Lisa Joe auf und streichelte sanft ihren Busen, der, wenn sie lang ausgestreckt dalag, kaum zu sehen war.

Joe schien zu überlegen. »Was genau willst du wissen?«, erkundigte sie sich und schaute Lisa kritisch von der Seite an.

Mit viel Nachdruck sagte Lisa: »Alles. Ich weiß noch so wenig von dir. Nur, dass du keine verbindliche Beziehung willst und eine Autowerkstatt besitzt. Was willst du eigentlich? Von mir?« Sie sah Joe unverwandt an und wartete auf eine Antwort.

Joe atmete schwer und laut aus. Es verging einige Zeit, ehe sie sprach. »Ich bin gern mit dir zusammen, Lisa. Aber ich suche nach nichts Bestimmtem. Wenn mir etwas guttut, dann mache ich es einfach. Wenn mich etwas erdrückt, wenn ich keine Luft mehr zum Atmen habe, dann unterlasse ich es. So habe ich bisher immer gut gelebt. Und wenn du die Sache mit uns aus diesem Grund beendest, dann werde ich damit auch klarkommen.«

»Irgendwie ist das für mich weder Fisch noch Fleisch«, gab Lisa zu. Und genau genommen hatte Joe ihre Frage, was sie denn nun von ihr wolle, auch gar nicht beantwortet. Meinte sie, dass ihr Zusammensein ihr im Moment noch guttat, sie sich aber jederzeit davon erdrückt fühlen könnte und dann verschwinden würde? Lisa ahnte, dass sie sich auf ganz dünnem Eis bewegte, wenn sie weiter nachbohrte – doch sie konnte es trotzdem nicht lassen. »Hast du schon mal eine Frau geliebt? Und ich meine richtig geliebt. Nicht nur sexuell.«

»Lisa, Liebe ist etwas für Romantiker. Sie macht verletzlich. Ich werde mich nicht mehr verletzbar machen.« Joe stand auf und suchte nach ihrem Slip, fand ihn schließlich neben dem Bett und zog ihn an. Dann lächelte sie auf Lisa herunter. »Wenn du das Meer noch bei Tageslicht sehen willst, müssen wir langsam los.«

Lisa konnte ihr nicht böse sein. Ihr war klar, dass Joe ihre Gründe hatte, warum sie jegliche Gefühle unter Kontrolle haben wollte. Auch sie selbst war verletzt worden, doch sie hatte daraus andere Konsequenzen gezogen: Sie war nach wie vor bereit, das Risiko eines Scheiterns einzugehen.

Am frühen Nachmittag warfen die beiden ungleichen Frauen den ersten befreienden Blick aufs Meer. Es wehte ein starker Wind, und aufgewühlt und wild lag die weite Wasserfläche vor ihnen.

Es roch nach Algen und Salz, Möwen schrien aufgeregt nach Futter. Lisa war schon lange nicht mehr so glücklich gewesen. Auch Joe wirkte entspannt und zufrieden. Sie machte nicht den Eindruck, sich erdrückt zu fühlen. Oder nach einem Notausgang zu suchen, durch den sie sich hätte aus dem Staub machen können.

Nach einem stundenlangen Strandspaziergang, bei dem sie Muscheln suchten und Möwen und Quallen bestaunten, ließen sich Lisa und Joe in eine Decke gehüllt in einem der Strandkörbe nieder, aßen zwischen Küssen und Umarmungen ihre Fischbrötchen, die sie sich oben an der Strandpromenade gekauft hatten, und tranken roten Wein aus mitgebrachten Gläsern. Lisa erzählte begeistert von ihrem liebsten Hobby, dem Reiten, und dass sie sich als Kind sehnsüchtig ein eigenes Pferd gewünscht hatte. Bald wollte sie sich den Traum von einem geführten Wanderritt mit anderen Reitern auf Andalusiern erfüllen und schwärmte Joe von Lagerfeuern und Gitarrenklängen vor. Joe lauschte ihren Erzählungen aufmerksam und begann dann ihrerseits von sich selbst zu sprechen – in zarten Anfängen, kaum mehr als Andeutungen. Sie war auf dem Land aufgewachsen und berichtete von dem einen oder anderen Kindheitserlebnis.

Lisa hörte mit angehaltenem Atem zu und vermied es, zu viele bohrende Fragen zu stellen. Sie bemerkte, dass Joe vielleicht gerade deshalb weniger verkrampft wirkte.

Später quartierten sie sich in einer privaten Pension direkt am Meer ein, aßen in einem kleinen Fischrestaurant zu Abend und kehrten schließlich, müde nach einem ganzen Tag an der frischen Meeresluft, in ihr gemütliches Zimmer ein. Joe war begeistert von der riesigen Badewanne und ließ sogleich heißes Wasser ein, in welchem sie sich zum krönenden Abschluss atemberaubend liebten.

»Weißt du, ich habe irgendwie die Vermutung, dass es nur der Sex ist, der uns verbindet.« Lisa saß mit Ben in ihrem Büro und rührte lustlos im Milchschaum ihres Cappuccino herum. »Vielleicht lässt sie mich fallen, wenn sie genug von mir hat.« Mit gerunzelter Stirn sah sie ihren besten Freund an und schaute drein wie ein unglücklicher Dackel.

Ben ließ seine Hand aufmunternd auf ihr Bein fallen. »Ich kann deine Joe schlecht einschätzen, aber du sagtest ja schon, dass sie sich nicht festbinden möchte. Tu mir den Gefallen, Lisa, und bleib vorsichtig, was deine Gefühle betrifft!« Er drückte Lisas Bein bekräftigend. Dann lächelte er voller Zuversicht: »Aber Süße, du bist so eine interessante, intelligente, humorvolle Persönlichkeit. Wieso sollte Joe jemals genug von dir bekommen? Wahrscheinlich wird sie dich nie wieder gehen lassen wollen. Du brauchst unbedingt mehr Selbstbewusstsein. Wenn du von dir selbst überzeugt bist, wirkst du noch unwiderstehlicher auf sie.«

So hatte Lisa das noch gar nicht betrachtet. Bens Worte taten ihrem Ego gut. »Das hast du aber lieb gesagt.« Sie stand auf und drückte Ben einen Kuss auf die Wange. »Ich werde mir Mühe geben und daran arbeiten. Ich frage mich nur, wie man es hinbekommt, seine Gefühle zu kontrollieren.«

»Ich bin auch kein Psychologe«, sagte Ben und überlegte. »Aber ich denke, du solltest dich innerlich darauf einstellen, dass alles sehr schnell wieder zu Ende sein könnte. Versuch einfach, nichts zu erwarten.«

Lisa kaute auf ihrer Lippe herum, schaute starr aus dem Fenster und wiederholte dann: »Ich werde mir Mühe geben, Ben.«

Joe hatte alle Hände voll damit zu tun, zusammen mit Henry und Alex die alte Werkstatt auf Vordermann zu bringen. Sie trennten Winterreifen von Sommerreifen, brachten alte Ölbestände zur Entsorgung in den Caddy, polierten Felgen und erledigten all die kleinen, aber wichtigen Dinge, die im Arbeitsalltag immer zu kurz kamen. Es roch nach Benzin und Spiritus.

»Sag mal, Joe«, wollte Henry plötzlich wissen, »hast du eine neue Flamme?« Er grinste sie frech von der Seite an und klopfte ihr freundschaftlich auf das Schulterblatt.

»Ich wüsste nicht, dass es dich was angeht, was deine Chefin privat treibt«, konterte Joe und sah Henry fest in die Augen. Aber sie meinte es gar nicht so streng, das wusste auch Henry. Er und Joe arbeiteten schon lange zusammen, und in all den Jahren hatte sich zwischen den beiden ein kumpelhaftes Verhältnis entwickelt.

»Wie kommst du überhaupt darauf?«, hakte Joe nach, während sie weiter an der Kabeltrommel herumhantierte.

Henry trat neben sie und tippte ihr auf den Hals: »Du hast da einen Knutschfleck!« Dann sprang er schnell ein Stück beiseite, weil Joe versuchte, ihm für seine Frechheit in den Hintern zu treten. Beide rangelten kurz miteinander und lachten anschließend über den kindlichen Schabernack.

»Was Ernstes?«, fragte Henry, immer noch grinsend.

Joe betrachtete ihren Hals im Seitenspiegel eines VW Käfer. Tatsächlich, da war etwas. Joe wunderte sich darüber, dass sie den kleinen Bluterguss heute Morgen nicht selbst bemerkt hatte.

Sie wandte sich Henry wieder zu und antwortete wahrheitsgemäß: »Ich weiß noch nicht.« Der Gedanke an Lisas Gesicht mit den blauen Augen, die sie bewundernd anschauten, an Lisas tollen Körper und ihr ehrliches, sanftes Wesen weckte eine Sehnsucht in ihr, die sie gar nicht an sich kannte. Wann hatte sie eine Frau überhaupt öfter als dreimal gedatet? Ihr fiel nur Bille ein, aber diese Liaison war schon einige Jahre her.

Bille hatte sie letztens angerufen und wollte sich mit ihr verabreden. Wahrscheinlich erinnerte sie sich nur deshalb an das halbe Jahr, das sie miteinander verbracht hatten. Sie hatte eingewilligt, Bille heute Abend im *Anabelles* zu treffen, um ein wenig über alte Zeiten zu quatschen. Joe hatte nicht die Absicht, eine alte Beziehung aufzuwärmen, doch sie freute sich auf einen regen Austausch. Billes Absichten ihr gegenüber waren ihr jedoch nicht ganz klar. Joe hatte sich damals von ihr getrennt, weil sie deren Eifersucht schier nicht mehr ausgehalten hatte. Nach der Trennung war Bille ihr noch monatelang hinterhergelaufen.

Henrys Stimme riss sie aus ihren Gedanken. »Wenn du heiratest, will ich der Erste sein, der es erfährt«, stichelte er weiter.

»Spinner«, erwiderte Joe. »Denk lieber daran, dass nachher noch die Müller wegen des defekten Scheinwerfers vorbeikommt. Sie wollte gegen sechzehn Uhr hier sein, früher schafft sie es nicht.«

»Alles klar, Chefin«, sagte Henry, salutierte und lachte.

Joe ging in ihr Büro, setzte sich auf den Drehstuhl und legte die Beine auf dem Tisch ab. Dann kramte sie ihr Handy hervor und wählte Lisas Nummer. Sie kaute ungeduldig auf ihrem Kaugummi herum. Da nur der Anrufbeantworter ansprang, versuchte Joe es auf Lisas Handy und hatte Glück.

»Hey, Baby, ich bin's«, begrüßte sie Lisa lächelnd. »Ich wollte dir nur sagen, dass ich nachher noch im *Anabelles* bin und mich mit meiner Exfreundin Bille treffe. Die wollte gern noch mal in

Ruhe mit mir quatschen. Heute wird es also nichts mit unserem netten Fernsehabend. Wir sehen uns dann Freitag, okay?«

Lisa saß im Auto, sie hatte Joes Anruf über die Freisprechanlage entgegengenommen. Als Joes Worte aus dem Lautsprecher drangen, wurde ihr mit einem Mal ganz heiß innerlich. Ihr Herz schlug schneller. Exfreundin? In Ruhe quatschen? Hatte sie sich verhört?

Nein, hatte sie nicht. Sie musste etwas sagen, eine Antwort geben.

»Oh … ja. Kein Problem. Ich wünsche dir viel Spaß. Wahrscheinlich sehen wir uns dann Freitag.«

»Nur wahrscheinlich?«, hakte Joe nach. Lisa konnte ihr Stirnrunzeln förmlich vor sich sehen. Kein Wunder, sie merkte selbst, dass ihre Stimme steif klang und nicht so friedlich wie sonst.

»Nein, nein, bestimmt Freitag«, wiegelte sie hastig ab. »Ich muss jetzt Schluss machen. Auf der anderen Leitung klopft jemand an.« Sie wollte auf keinen Fall, dass Joe ihre Anspannung mitbekam.

»Baby, alles in Ordnung mit dir? Du klingst anders als sonst.«

»Alles gut bei mir«, versicherte Lisa. »Wie gesagt, viel Spaß, und trink einen für mich mit.« Sie schickte einen Kuss durch den Hörer und legte dann schnell auf.

Natürlich empfing sie keinen Anruf auf der anderen Leitung, sie hatte nur das Gespräch mit Joe so schnell und galant wie möglich beenden wollen, bevor Joe ahnte, dass eifersüchtige Gefühle in ihr brannten. Sie lenkte das gelbe Cabrio in eine Lücke, stellte den Motor ab und warf sich in den Sitz zurück. »Mist!«, rief sie aus und schlug mit der flachen Hand aufs Lenkrad. Der Gedanke, dass Joe sich mit einer anderen Frau im *Anabelles* amüsierte, tat verdammt weh.

Sie kaute an ihrer Lippe herum, wie oft, wenn sie nachdachte, nervös war oder sich sorgte. Gerade kamen alle drei Gemütszustände zusammen. Am liebsten hätte sie Joe angeschrien, dass sie die eh schon rare Zeit lieber mit *ihr* verbringen sollte, aber das würde sie natürlich nicht tun. Schließlich konnte sie Joe ja nicht vorschreiben, mit wem sie sich traf. Und mit einer Szene hätte sie Joe zu sehr in die Ecke getrieben und womöglich sogar verjagt.

Dennoch konnte sie nicht verhindern, dass Joe vor ihrem inneren Auge mit dieser Freundin lachte, an ihren Lippen hing, wenn sie über alte Zeiten sprachen, und sie schließlich in schöner Erinnerung an diese Zeiten umarmte und an sich drückte. Und die Freundin sah in Lisas Phantasie natürlich verdammt gut aus.

Ein scharfes Messer schien sich in ihr Herz zu bohren.

Verdammt, dachte Lisa. Sie war längst verletzbar geworden, das bekam sie nun am eigenen Leib zu spüren. Sie war dem Schmerz hilflos ausgeliefert.

Joe war so unverhofft und heftig in ihr Leben geplatzt, hatte ihr in solcher Windeseile den Kopf verdreht, dass die bekannte Angst, sie zu verlieren, wie ein bedrohliches Feuer in ihr hochstieg und von ihr Besitz ergriff – viel stärker, als sie geglaubt hätte. Die Vorstellung, diese zarte Liebe wieder zu verlieren und erneut allein dazustehen, war unerträglich. Und das, obwohl eine feste Beziehung mit Joe nicht mehr als vage Zukunftsmusik war. Tränen stiegen Lisa in die Augen.

»Jetzt hör aber auf zu flennen«, maßregelte sie sich dann selbst. Weinen brachte nichts, sie brauchte eine Strategie. Was hatte Ben vorhin zu ihr gesagt? Sie brauche mehr Selbstbewusstsein, müsse überzeugter von sich sein.

»Mist«, fluchte sie noch einmal. Dann startete sie den Wagen, fuhr direkt in die City und steuerte das nächste Kino an. Wenn Joe nicht wollte, würde sie es sich eben allein schön machen.

Von der Handlung des Filmes bekam Lisa jedoch nur Bruchstücke mit. Immer wieder kreisten ihre Gedanken um Joe und ihre Verabredung. Warum musste Joe sich überhaupt unbedingt mit dieser Exfreundin treffen, jetzt, wo es doch sie, Lisa, gab? Schließlich war an ihr noch so viel zu entdecken.

Auf dem Weg nach Hause fuhr Lisa wie zufällig am *Anabelles* vorbei. Obwohl es schon recht spät war, sah sie Joes Motorrad noch an der Stelle unter dem Baum stehen, an der sie es immer parkte. Eigentlich hatte Lisa nicht vorgehabt, anzuhalten und auszusteigen, doch etwas zog sie an. Vielleicht war es die Neugier, vielleicht eine ungewisse Angst – sie wusste es nicht. Jedenfalls stellte sie das Cabrio in der zweiten Reihe ab, stieg überhastet aus, wobei sie beinahe über einen Stein gestolpert wäre, und huschte an eines der Seitenfenster des *Anabelles*. Hoffentlich sah sie niemand.

Jon Bon Jovi trällerte einen seiner Hits, und Lisa stand klopfenden Herzens und mit einem arg schlechten Gewissen in der dunklen Nacht. Wie eine gemeine Spionin kam sie sich vor. Trotzdem suchte sie durch das Fenster den mäßig beleuchteten Raum nach Joe und deren Begleitung ab und entdeckte beide schließlich an der Bar.

Ihr stockte der Atem, und eine heiße Welle durchströmte ihren Brustkorb. Einen Moment konnte sie sich nicht bewegen, stand nur da wie vom Blitz getroffen. Vielleicht hatte sie sich ja getäuscht, vielleicht war das gar nicht Joe ... Sie schaute ein zweites Mal hin.

Doch, das war unverkennbar Joe. Sie hielt die andere Frau zärtlich und in eindeutiger Pose im Arm, während diese den Kopf an Joes Brust legte. Ihre Arme umschlangen Joes Hals.

Lisa schlug die Hand vor den Mund, um den leisen Schrei zu unterdrücken, und verließ fluchtartig den Tatort.

Bille saß schon am Tresen, als Joe das *Anabelles* betrat. Erfreut sprang sie vom Barhocker auf, als sie Joe erblickte, und schloss sie enthusiastisch in die Arme – fast etwas zu enthusiastisch, fand Joe. Doch sie erwiderte die Umarmung und hob Bille in die Höhe, was bei deren Statur kein großer Kraftakt war. Schon immer hatte Joe auf die Kleinen, Schlanken gestanden, wie ihr gerade amüsiert bewusst wurde.

»Wie geht's dir? Gut siehst du aus«, sagte Joe, charmant wie immer. Sie wusste zwar nach wie vor nicht, was Bille eigentlich von ihr wollte, aber sie sah auch keinen Grund, misstrauisch zu sein.

Bille entblößte mit einem übertrieben lauten Lachen eine weiße Zahnreihe. »Mir geht es den Umständen entsprechend.« Dann verstummte ihr Lachen sofort wieder. Anerkennend sah sie an Joe empor, die sie um einen ganzen Kopf überragte. »Aber du bist immer noch die coole, gutaussehende Socke von damals.«

Joe lächelte ein wenig verlegen und bestellte sich ein Weizenbier.

Unvermittelt klagte Bille: »Ich bin verlassen worden.« Ihre Mundwinkel gingen nach unten. Sie blinkerte mit den Augen, setzte eine naive Miene auf und kam ganz dicht an Joe heran. »Du musst mich trösten.«

Ohne nachzudenken machte Joe einen Schritt nach hinten und hielt Bille an den Schultern auf Abstand. »Nun erzähl doch erst einmal, was genau passiert ist«, schlug sie vor. »Ich habe den ganzen Abend Zeit für dich. Wer hat dir das Herz gebrochen?«

Bille setzte sich zurück auf den Barhocker und begann ihre gesamte gescheiterte Beziehung von vorn bis hinten zu beleuchten und in jedem Detail zu schildern. Sie hatte schon immer schnell und viel geredet, das fiel Joe jetzt wieder ein. Innerlich musste sie schmunzeln. Als Bille sich alles vom Herzen geredet und schließlich mit der dramatischen, endgültigen Trennung geendet hatte, saß sie Joe tränenüberströmt und völlig aufgelöst gegenüber.

Joe stand auf und nahm das Häufchen Elend tröstend in den Arm. Sie hasste es, eine Frau weinen zu sehen, und schließlich waren sie und Bille sich ja einmal sehr nahe gewesen.

Schluchzend hing Bille an ihrem Hals und ließ sie nicht mehr los. »Schlaf mit mir«, bettelte sie leise, als sie sich wieder gefangen hatte. »Ich brauche das jetzt.«

Joe schob Bille ein wenig von sich weg und hielt ihr wortlos ein Taschentuch hin. Erst nachdem Bille es genommen und sich die Tränen getrocknet hatte, sagte sie bestimmt: »Ich habe da gerade was am Laufen. Ich muss dich enttäuschen, daraus wird nichts.«

Bille schnaubte in ihr Taschentuch und sah erst gekränkt aus, dann verwundert. »Du hast es doch nie so ernst genommen mit der Treue. Ist es etwa was Ernstes?« Sie piekste Joe mit dem Finger in die Seite.

Joe zuckte zusammen und grinste. »Vielleicht. Ich kann mich da noch nicht so festlegen, du weißt ja, ich tue mich da immer etwas schwer. Ich bin sexuell ausgelastet, sagen wir es so.«

»So, so.« Bille musterte Joe nachdenklich, dann prostete sie ihr zu und lächelte. »Ich gönne es dir von Herzen, wenn du endlich auch mal eine Frau findest, die zu dir passt. Meinen Segen hast du.«

Sie nahmen sich noch einmal in die Arme, und Joe musste versprechen, Lisa beim nächsten Treffen unbedingt mitzubringen.

Gegen Mitternacht lag Joe friedlich schlafend in ihrem Bett. Von Lisas detektivischen Aktionen und ihren aufgewühlten Gefühlen ahnte sie nichts.

In einer Stunde würde die Boeing 737 auf Sardinien landen. Lisa schlug die Tageszeitung zu, auf die sie sich ohnehin nicht konzentrieren konnte, und schaute aus dem kleinen Bullauge nach draußen. Ein dicker, flauschiger Wolkenteppich lag wie ein weißes Meer vor ihr. »Über den Wolken muss die Freiheit wohl grenzenlos sein«, summte sie leise vor sich hin, bevor sich neue Tränen ankündigten, die ihr den Hals zuschnürten und den herrlichen Ausblick verschwimmen ließen. Gut, dass sie ihre geschwollenen Lider hinter einer riesigen Sonnenbrille verstecken konnte.

Sie hatte sich immer noch nicht von dem ersten Schrecken erholt. Das Bild von Joe im Arm dieser blöden Bille hatte sie wie ein Vorschlaghammer getroffen. Dass Joe sie so schnell abservieren und mit einer anderen rummachen würde, hätte sie sich nach ihrem traumhaften gemeinsamen Wochenende an der See nicht träumen lassen.

Heute Morgen hatte Joe sie auf allen Apparaten zu erreichen versucht, aber Lisa hatte ihre Anrufe ignoriert. Auf Joes Lügen konnte sie getrost verzichten. Wenn Joe überhaupt versuchen würde, die Sache zu vertuschen. Schließlich hatte sie ja ganz offen

angekündigt, dass sie sich mit ihrer Ex treffen wollte. Also wollte sie vielleicht auch zugeben, dass aus der Exbeziehung schnell wieder mehr geworden war, oder wie auch immer Joe das sah. Und darauf hatte Lisa erst recht keinen Bock. Ob Lüge oder Offenbarung – Joe sollte bleiben, wo der Pfeffer wächst. Und das war hoffentlich ziemlich weit weg.

Ben hatte Lisa dazu geraten, ein paar Tage wegzufahren und alles hinter sich zu lassen. Die Handvoll Termine, die sie nicht absagen konnte, würde er selbst übernehmen. Lisa war sehr dankbar, einen solchen Freund zu haben. Und sie hatte keine Zeit verloren, spontan unbezahlten Urlaub genommen und sich sofort auf den Weg zum Flughafen gemacht. Auf Sardinien war Liebeskummer vielleicht leichter zu ertragen. Außerdem sollte Joe sich ruhig wundern, wo sie abgeblieben war.

Lisa ging nicht ans Telefon. Joe versuchte es schon seit heute Morgen alle halbe Stunde, abwechselnd auf dem Handy und dem Festnetz, und am späten Nachmittag fing sie an, sich ernsthaft Gedanken zu machen. Wahrscheinlich war Lisa wegen des Treffens mit Bille angesäuert und ging deshalb nicht ans Telefon, um

Joe eins auszuwischen. Joe müsste also vermutlich etwas Ballett machen, damit sich alles wieder einrenkte. Der Gedanke gefiel ihr nicht besonders. Sie wollte Lisa zwar nicht verlieren oder ihre Gefühle verletzen, aber schließlich war ja nun wirklich nichts dabei, sich mit einer alten Freundin auf ein Bier zu treffen.

Am Abend stand Joe vor Lisas Haustür und klingelte Sturm. Aber niemand öffnete. Verdammt, das war gar nicht gut. Mit Schrecken wurde Joe bewusst, dass sie weder die Nummer von Lisas Eltern noch die irgendeiner Freundin kannte. Unverrichteter Dinge fuhr sie ins *Anabelles*. Dort würde sie sich wenigstens ein bisschen ablenken können.

Auf dem Weg fiel ihr etwas ein: Morgen würde sie in der Bankfiliale anrufen, in der Lisa arbeitete. Die Nummer war sicherlich leicht zu googeln. Hoffentlich konnte man ihr dort Auskunft über den Verbleib der Lisa Lemke geben.

Joe trank ein Bier zu viel und schickte am späten Abend eine weitere Nachricht auf Lisas Handy: »Ich bin genug bestraft worden, Baby. Mache mir langsam Sorgen. Melde dich bitte, bin die ganze Nacht erreichbar. Kuss Joe.«

In dieser Nacht schlief Joe schlecht. Immer wieder wachte sie auf, wälzte sich unruhig hin und her und grübelte. Was hatte sie nur falsch gemacht? Wieso tauchte Lisa einfach ab? Und was konnte Joe tun, um sie zu erreichen und die Sache, was immer es auch war, aus der Welt zu schaffen?

Ziellos lief Lisa durch die Altstadt von La Maddalena und ließ sich schließlich in einem Café mit Blick auf den Hafen nieder. Sie bestellte sich einen Caffè Latte. Es war das Erste, was sie an diesem Morgen zu sich nahm, und sehr viel mehr würde es wahrscheinlich auch nicht werden, sie bekam einfach kaum etwas herunter.

Trotz der wunderschönen Aussicht ließen sich ihre bohrenden Gedanken nicht abstellen. Wie in einer Endlosschleife umkreisten sie Joe und deren Techtelmechtel mit Bille. Und das Schlimmste war, dass sie Erinnerungen wachriefen, quälende Erinnerungen, die auch heute noch wehtaten: an damals, an diesen schrecklichen, schwarzen Freitag, den 13., als sie ihre über alles geliebte Gina in flagranti erwischt hatte. Mit einer guten Freundin. In ihrer gemeinsamen Wohnung, in ihrem Bett, in ihren Laken hatten die beiden es ungeniert getrieben, ohne eine Spur von

Anstand oder schlechtem Gewissen. Die Bilder hatten sich in ihr Gehirn eingebrannt, doch in letzter Zeit hatte Lisa eigentlich geglaubt, sie erfolgreich verarbeitet zu haben. Jetzt aber tauchten sie so klar und lebhaft wieder auf, als sei es erst gestern gewesen, schmerzlich und demütigend. Ginas erschrockenes Gesicht mit den weit aufgerissenen Augen. Ihre nackte Geliebte, die sich hochroten Kopfes hinter einem Kissen versteckt hatte. Die zerwühlten Laken.

Lisa atmete laut hörbar ein und wieder aus und wischte sich mit dem Handrücken die Tränen von den Wangen. Nie zuvor war sie von jemandem so enttäuscht und hintergangen worden. Und nun war ihr dieser verdammte Mist zum zweiten Mal passiert. Lisa schluchzte. Wie hatte sie nur so naiv sein können.

Ein Nachrichtenton riss Lisa aus ihren düsteren Gedanken. Sie schaute auf das Display ihres Handys. Ben schrieb ihr: »Stell dir vor, Joe war gerade hier. Sie macht sich Sorgen um dich. Ich habe ihr gesagt, dass du Urlaub hast und verreist bist. Du sollst dich unbedingt bei ihr melden und ihr sagen, was dein Problem mit ihr ist und warum du geflüchtet bist. LG Ben.«

»Sie sorgt sich also um mich? Wie fürsorglich«, murmelte Lisa ironisch. Sie bestellte einen zweiten Caffè Latte, bevor sie Ben antwortete.

»Danke für deine Nachricht. Was hältst du von Joe? Hast du ihr irgendwelche Details erzählt?«

Sie musste nicht lange auf eine Antwort warten. Nach weniger als einer Minute piepte ihr Handy schon wieder, und sie las: »Nein, keine Details. Nur Fakten, Fakten, Fakten :-) Sie hat eine tolle Ausstrahlung und schien sich ehrlich um dich zu sorgen. Sah sehr müde aus.«

Lisa tippte sofort eine Antwort: »Was soll ich mit einer Frau, die sich bei der erstbesten Gelegenheit einer anderen an den Hals wirft. Ich werde sie einfach vergessen. Danke, Ben, umarme dich.«

Wenig später piepte das Handy erneut. Lisa griff danach, weil sie mit einer weiteren Nachricht von Ben rechnete, aber diesmal war es Joe. Mit zitternden Händen öffnete Lisa den kurzen Text.

»Hey, Baby. Dein Freund Ben war so nett, mir wenigstens zu sagen, dass du am Leben bist. Ich war von Anfang an aufrichtig zu dir. Ehrlich gesagt bin ich über dein wortloses Verschwinden ziemlich enttäuscht. Man kann doch über alles reden. Kuss Joe.«

Lisa traute ihren Augen nicht. Enttäuscht? Joe war enttäuscht? Wer hatte denn bitte schön wen hintergangen? Fast hätte Lisa laut gelacht.

Vielleicht sollte sie Joe wirklich direkt auf ihr Verhältnis zu Bille ansprechen. Nur müsste sie dann wohl auch zugeben, dass sie Joe hinterherspioniert hatte. Was wiederum bedeuten würde, dass Joes Enttäuschung irgendwie doch nicht ganz unbegründet war, weil Lisa ihr nicht vertraute. Und ganz allgemein war es einfach peinlich, jemanden heimlich durch ein Fenster zu beobachten. Nein, sie wollte es Joe nicht beichten.

Vielleicht war es also wirklich das Beste, wenn sie sich gar nicht mehr bei Joe meldete. Ihre Beziehung war sowieso zum Scheitern verurteilt, wenn man es genau betrachtete. Eine romantische, heiratsfreudige Bankerin mit geheimem Kinderwunsch und eine untreue, herrische Kfz-Meisterin mit Bindungsängsten passten nun wirklich nicht besonders gut zusammen.

Das Einzige, was wirklich gut lief, war der Sex. Mehr als gut sogar. Das konnte Lisa nicht abstreiten. Aber das machte die ganze schreckliche Situation eher noch schrecklicher.

Lisa biss sich auf die Unterlippe. Warum in aller Welt musste sie immer an die falschen Frauen geraten?

»Was bist du eigentlich für ein Idiot!«, schrie Joe die neue Aushilfe an. Es konnte doch nicht wahr sein, dass der Junge immer noch nicht in der Lage war, eigenständig einen Ölwechsel durchzuführen, ohne dass Henry oder sie selbst jeden seiner Schritte überwachten.

Henry hatte Joes wiederkehrende Ausbrüche in den letzten zwei Tagen mit immer stärkerem Stirnrunzeln zur Kenntnis genommen. Kurz vor Feierabend sprach er sie darauf an.

»Was ist denn mit dir los? Hast du irgendwelche Probleme?« Henry sah seine Chefin besorgt an. »Du fährst plötzlich bei jeder Kleinigkeit aus der Haut, und niemand kann es dir recht machen. Ich habe dich noch nie so aggressiv erlebt.«

Joe setzte sich seitlich auf den Heizkörper am Fenster ihres Büros und kaute wie ein wildes Tier auf ihrem Kaugummi herum. Sie hatte es sich bisher nicht eingestehen wollen, aber Henry hatte recht. Sie reagierte im Moment wirklich nicht sehr nervenstark auf ihre Umwelt. Und natürlich wusste sie auch, woran das lag. Sie war unzufrieden. Unglücklich sogar. Lisa hatte sie wortlos verlassen, und Joe hatte keine Möglichkeit, darauf in irgendeiner Weise zu reagieren. Das machte sie wütend, aber mindestens ebenso groß wie die Wut war ihre Besorgnis. Lisa bedeutete ihr etwas, sie war ihr wichtig, und das Letzte, was Joe sich wünschte, war, dass es Lisa schlecht ging.

Allerdings konnte sie mit diesen Gefühlen nicht besonders gut umgehen. Sie kämpfte geradezu dagegen an, dass sie diese Frau, entgegen aller Vorsätze, irgendwie vermisste. Sehr vermisste. Das war ihr noch nie passiert.

Joe nahm den Kaugummi aus dem Mund und schleuderte ihn in den Mülleimer. Dann stand sie von der Heizung auf. »Ich werde mich bemühen, meine privaten Probleme nicht mehr an euch auszulassen«, versprach sie und nahm Henry flüchtig in den Arm. »Ich werde mir ein paar Tage freinehmen, wenn du hier die Stellung hältst. Ist das okay?« Sie sah ihn fragend an.

»Klar, Joe, ich passe auf den Laden auf.«

»Und zeig dieser intelligenzresistenten Pappnase noch mal, wie ein Ölwechsel geht, ohne dass man die ganze Werkstatt einsaut.« Joe zwinkerte Henry zu. Mehr Worte waren zwischen ihnen nicht nötig. Joe wusste, dass Henry wusste, dass sie seine Ermahnung ernst nahm und sich der Situation stellen würde.

Sie tauschte ihren Arbeitsanzug gegen Helm und Lederhose, stieg auf ihr Stahlross und sauste mit 200 Sachen über die Landstraße davon. Zu Hause hatte sie nur einen kurzen Zwischenstopp eingelegt. Sie wollte nicht dort bleiben. Sie wollte auch nicht ins *Anabelles*. Da wäre ihr nur die Decke auf den Kopf gefallen. Deshalb fuhr und fuhr sie wie eine Besessene, und ehe sie sich versah, fand sie sich mehrere Stunden später kurz vor München wieder.

Dort nahm sie sich ein Zimmer im erstbesten Hotel in der Nähe der Frauenkirche und verbrachte den Abend mit dem Versuch, sich über die Weiterfahrt klarzuwerden. Sie musste den Kopf freibekommen und herausfinden, was ihr Lisa bedeutete und warum sie um Herrgotts willen wie ein Tiger in der Welt umherstreifte, getrieben von einer Sehnsucht, die sie gar nicht von sich kannte. Immer wieder las sie den kleinen Zettel, den sie bei ihrem Besuch in der Bank von Ben erhalten hatte. Aber auch darauf fand sie die Antwort nicht.

Am Morgen begrüßte sie ein sonniger Tag mit blauem Himmel und milden Temperaturen, und so setzte sie ihre Fahrt nach Süden fort. Erst nach vielen Stunden machte sie in Innsbruck eine Pause, bevor sie den Brenner nach Italien passierte, um in Bozen zu übernachten. Sie war heute an ihre Grenzen gegangen und fiel sofort in einen traumlosen, aber unruhigen Schlaf, aus dem sie noch vor Sonnenaufgang erwachte.

Weiter ging es am Gardasee vorbei, der groß wie ein Meer erschien und auf dem die Sonne glitzerte. Am frühen Nachmittag erreichte sie Verona. Joe freute sich über ihre Italienischkenntnisse, die es ihr ermöglichten, für wenig Geld ein kleines Zimmer mitten in der Altstadt zu ergattern. Nach dem Einchecken bummelte sie ein wenig durch die engen, mittelalterlichen Gassen und Piazzas bis zum Haus der Julia. Etliche andere Touristen sammelten sich dort, fotografierten den berühmten Balkon und standen an, um die Bronzestatue der Julia zu berühren. Auch Joe ließ es sich nicht nehmen, den Busen der Julia anzufassen, was Glück bringen sollte. Sie dachte dabei an Lisa.

Eine Liebeserklärung in die dafür vorgesehene Hauswand zu stecken, ließ sie allerdings sein. Das war dann doch übertrieben kitschig. Außerdem hatte sie gar keinen Liebesbrief dabei.

Am Abend machte sie es sich mit einer Flasche Wein auf ihrem kleinen Balkon gemütlich. Aber statt den schönen Abend und die verzauberte Atmosphäre der historischen Stadt zu genießen, fühlte sie sich seltsam einsam. Mit jedem Schluck wurde ihre Sehnsucht nach Angekommensein größer –und nach Lisas Nähe. Warum war Lisa vor ihr geflüchtet? Warum wollte Lisa sie nicht sehen?

Über Joe erstreckte sich ein imposanter Nachthimmel mit Millionen von Sternen. Voller Wehmut sah sie nach oben und dachte an ihren blonden Engel. Wie schön wäre es jetzt, mit ihr hier zu sitzen und auf Sternschnuppen zu warten, die Wünsche erfüllen konnten.

Über der Insel tobte ein gewaltiges Gewitter. Lisa lag zusammengerollt wie ein ängstlicher Igel in ihrem Bett. Die Fensterläden waren geschlossen und klapperten und quietschten fürchterlich.

Lisa schlüpfte komplett unter die Decke, so, wie sie es schon als kleines Mädchen getan hatte. Trotzdem sah sie weiter die Blitze zucken, dicht gefolgt vom Dröhnen des Donners und begleitet von peitschendem Regen und Sturm.

Was Joe wohl gerade machte? Ob sie Lisa ein klein wenig vermisste? Verdammt, wenn nur diese Sehnsucht nicht wäre. Lisa träumte sich eine treue Joe herbei, eine, die zu ihr stand und sie nicht mit irgendeiner Exfreundin betrügen würde.

Aber wahrscheinlich spielte Joe jetzt gerade Billard im *Anabelles*. Billard mit Bille. Lisa lachte freudlos über die Ironie dieses Wortwitzes und begann sich dann, wie jede Nacht, leise in den Schlaf zu weinen.

Seit ihrer Flucht aus Deutschland war nun fast eine Woche vergangen. Aber wenigstens war der Schmerz nicht mehr so scharf und schneidend, und auch ihr Groll gegen Joe war verraucht. Stattdessen beherrschte eine trübe Traurigkeit ihren Tagesablauf.

Und Joe schrieb ihr immer noch jeden Tag. Das musste aufhören, sonst würde es ihr nie bessergehen. Morgen würde sie Joe eine Nachricht schreiben, die das Ganze hoffentlich ein für allemal beenden würde.

Nur noch Landschaft war um Joe herum, die dicht bewaldete Berglandschaft des Apennin. Sie war an Modena vorbeigefahren, und in den vielen Kehren der Landstraße, auf der sie nun unterwegs war, ging die Fahrt bis auf 800 Meter hinauf. Wenn sie pausierte, über die weitläufigen, grünen Bergrücken und Schluchten schaute und außer dem leisen Rascheln des Windes in den Bäumen nur Stille hörte, fühlte sie einen tiefen Frieden in sich.

Aber natürlich konnte sie nicht bleiben. Joe hatte ihr Ziel fest vor Augen, und je näher sie der Küste und dem Meer kam, desto heftiger war es wieder die Sehnsucht, die sie antrieb. Kurz vor Lucca hatte sie die Küstenebene erreicht. Über Landstraßen, die von hohen Bäumen gesäumt waren und durch Wiesen und Felder schnitten, erreichte sie Pisa und machte, da sie nun schon mal hier war, einen Abstecher zum schiefen Turm. Sie war erstaunt, wie klein er war. Irgendwie hatte sie sich diese weltberühmte Sehenswürdigkeit wesentlich größer vorgestellt. Doch sie hielt sich nicht lange dort auf. Es war nun nicht mehr weit bis Livorno, und von dort würde sie die Fähre nehmen.

Der Geruch von Salzwasser hing in der Luft, und etliche kreischende Möwen begleiteten die Fähre, während Joe an Bord den Sonnenuntergang betrachtete und das Gesicht in den Wind hielt. Ihre Gedanken schweiften hierhin und dorthin, zu dem, was hinter ihr lag, und dem, was vor ihr liegen mochte. Was war eigentlich so schlimm daran, sich auf einen einzigen Menschen einzulassen? Wovor um Gottes willen hatte sie eigentlich Angst? Lisa war ihr wichtig. Wäre sie es nicht wert, diese im Grunde unbegründeten Ängste über Bord zu werfen? Über ihren Schatten zu springen und etwas zu wagen, das sie nicht kannte, aber das deshalb noch lange nichts Schlechtes sein musste?

Sie starrte noch eine Weile nachdenklich über das Meer, dann zog sie ihr Handy hervor und schrieb wie jeden Abend an Lisa. »Hallo Baby, denkst du auch gerade an mich? Du fehlst mir. Kuss Joe.«

Was, wenn Lisa handfeste Gründe für ihr plötzliches Verschwinden hatte? Gründe, die sich nicht so einfach aus der Welt schaffen ließen? Lisa hatte ja sehr deutlich gemacht, dass sie kein Interesse an einer lockeren Affäre hatte. Sie suchte nach einer festen Beziehung. War sie deshalb ohne ein Wort verschwunden? Aus Ben hatte sie ja leider kein Sterbenswörtchen herausbekommen.

Joes Handy pfiff. Es war eine Nachricht von Lisa, die erste seit über einer Woche. Joes Herz schlug schneller, und mit zittriger Hand las sie: »Ich verbiete mir, an dich zu denken. Bitte lass mich in Ruhe.«

Joe schleuderte das Handy in ihren Rucksack. Was war das nun wieder? Warum diese extreme Reaktion, ohne irgendeine Erklärung? Frustriert zog sich Joe in ihre Kabine zurück, aber erst nach Stunden schlief sie über den vielen unbeantworteten Fragen ein.

Wenig später wurde sie bereits vom Martinshorn der mächtigen Fähre geweckt, die gerade in den Hafen von La Maddalena einfuhr. Wie gerädert stand sie auf und wusch sich das Gesicht an dem kleinen Waschtisch, putzte die Zähne und kramte die letzten frischen Klamotten aus ihrem Rucksack. Dann stieg sie über einige steile Treppen an Deck, auf dem schon emsiges Treiben herrschte. Sie setzte ihre Sonnenbrille auf und kramte in den Satteltaschen ihres Motorrades noch einmal nach dem Zettel von

Ben, auf dem der Name des Hotels stand, in dem Lisa wohnte. »Danke, Ben«, flüsterte sie, als sie ihn gefunden hatte.

Nervös trat sie dann von einem auf das andere Bein, setzte sich auf den Sattel des Motorrades, stand wieder auf, schaute auf den Hafen. Die Fähre mit ihren vielen Autos und Menschen leerte sich für ihren Geschmack viel zu langsam, und es dauerte eine gefühlte Ewigkeit, bis sie endlich von Bord gehen und losfahren konnte. Zu Lisa. Um endlich Klarheit zu haben. Sollte ihr Lisa doch ins Gesicht sagen, dass sie alles beenden wollte.

Für den Vormittag hatte Lisa sich nichts weiter vorgenommen. Erst für den Nachmittag hatte sie einen letzten Ausflug an der Rezeption gebucht, um mit einem der vielen Touristenboote zu einer der traumhaften kleinen Inseln überzusetzen und etwas zu schnorcheln. Gerade lag sie am Pool ihres Hotels und las ein Buch, in der Hoffnung, dass es sie für eine Weile von ihrem eigenen Leben ablenken würde. Aber schon nach wenigen Minuten ließ sie es sinken und schloss die Augen. Sie konnte sich einfach nicht konzentrieren.

»*Tiro con l'arco! Archery!* Bogenschießen!«, rief der stark gebräunte Animateur, der auf der Suche nach Teilnehmern durch die weiträumige Gartenanlage lief, wieder und wieder. Lisa entschied sich mitzumachen. Sie ließ sich von dem gutgelaunten Animateur, der sich als Luigi vorstellte, auf dessen Liste schreiben und fand sich dann neben etwa zehn anderen Urlaubern in Badehose und Sandalen auf dem Bogenschießplatz wieder. Der junge Mann demonstrierte den Anwesenden in gebrochenem Englisch die Technik des Bogenschießens und schoss einen ersten Pfeil ab. Nur knapp traf er die Scheibe in zwanzig Metern Entfernung, und alle Umstehenden stöhnten mitfühlend auf. Lisa klatschte aufmunternd. Dann war sie an der Reihe.

»*Elbow up.* Nach oben, Lisa«, korrigierte Luigi ihre Haltung. Lisa ließ den gespannten Bogen los, doch der Pfeil verhungerte auf halber Strecke.

»*Second chance,* Robin Hood!«, rief Luigi und klatschte in die Hände. Die anderen lachten. Lisa spannte erneut und schoss, traf jedoch wieder nur den staubigen Boden.

Vorlaut bemerkte eine Stimme hinter ihr: »Da musst du schon etwas mehr frühstücken.«

Lisa hätte um ein Haar den Bogen fallen lassen. Sie fuhr herum. Vor ihr stand Joe. Ihr Herz setzte einen Schlag aus. Doch sie fand die Fassung schnell wieder. »Wahrscheinlich ist mir der Appetit vergangen«, erwiderte sie trocken und schaute Joe stockernst an.

Die hielt ihrem Blick stand. »Warum ist dir der Appetit vergangen? Kannst du mir das endlich mal sagen?«

Lisa drückte dem erstaunten Luigi den Bogen in die Hand und stampfte entschlossen in Richtung des Pools, gefolgt von der verärgerten Joe. Die übrigen Gäste schauten beiden Frauen erstaunt hinterher.

»Ich habe die halbe Welt umreist, nur um eine Antwort zu bekommen«, rief Joe und gab sich keine Mühe, diskret zu sein. »Findest du nicht, dass du mir eine Erklärung schuldest?«

Lisa tauchte mit einem Kopfsprung in den Pool und schwamm unter Wasser quer durchs Becken, bis zum anderen Ende. Sie brauchte dringend eine Abkühlung. Aber noch bevor sie den Beckenrand erreichte, sprang Joe ihr nach, vollständig bekleidet mit Jeans und Hemd. Sie fasste Lisa am Arm und drehte sie zu sich herum.

»Warum?«, fragte sie schroff und laut. »Warum bist du abgehauen?«

Einige der Badegäste hatten sich auf ihren Liegen aufgerichtet und schauten dem Treiben interessiert zu. Immerhin befanden sie sich hier in einer Vier-Sterne-Anlage, und normalerweise ging es am Pool ruhig und gesittet zu. Joes laute Stimme hatte auch die Aufmerksamkeit eines Kellners auf sie beide gelenkt. Aufgeregt stand er am Beckenrand und flehte: *»Signora, si prega di calmarsi. Lasci la piscina, per favore.«*

»Du sollst den Pool verlassen«, übersetzte Lisa und sah Joe mit eisigem Blick an.

»Danke. Ich spreche selbst italienisch. Aber ich werde gar nichts verlassen, bevor du mir eine Antwort gibst.« Joe verschränkte im hüfttiefen Wasser die Arme und ignorierte den Hotelangestellten. Sie sah entschlossen aus.

»Chiamo la polizia!«, schrie nun auch ein Rezeptionsangestellter, der von der Unruhe aufgescheucht herbeigeeilt war. Lisa hob beschwichtigend die Hand.

»Tutto okay«, sagte sie, schwamm an die Leiter und winkte Joe ärgerlich zu, mitzukommen. *»Scusate.«*

Joe folgte Lisa mit triefend nassen Klamotten zu ihrem Sonnenschirm und entschuldigte sich durch beschwichtigende Gesten beim Personal, worauf Kellner und Rezeptionist mit eisernen Mienen widerwillig abzogen.

»Setz dich«, befahl Lisa, stellte sich vor Joe auf und schleuderte ihr ein Handtuch entgegen, bevor sie die Fäuste in die Hüften stemmte. Sie beugte sich dicht an Joes Gesicht heran, damit die anderen Gäste nicht alles mitbekamen, und zischte: »Was willst du hier? Warum vögelst du nicht Bille?«

Joe schaute Lisa erst skeptisch an, dann nickte sie zustimmend. »Stimmt, warum tue ich das eigentlich nicht?«

»Tiro con l'arco. Bogenschießen. *Archery!«*

Lisa schreckte auf ihrer Liege hoch. Sie war eingeschlafen. Was für ein schrecklicher Traum! Sie schwitzte und fror zugleich. Stöhnend zog sie sich ihr Handtuch über den Kopf. Nichts hören und nichts sehen wollte sie, schon gar nicht diesen nervigen Animationstypen mit seinen penetranten Lockrufen.

Als sie sich ein wenig von dem Traum erholt hatte, kraulte Lisa einige Runden durch den Pool. Dann war es schon Zeit für ihren Ausflug. Mit Schnorchel und Flossen bewaffnet machte sie sich auf den Weg zum Hafen, um einige Zeit später mit etwa zwanzig anderen Urlaubern zur wenig entfernten Isla Verde überzusetzen – eine der hundert unbewohnten Inseln des La-Maddalena-Archipels und mit ihrem türkisblauen Wasser und den weißen Sandstränden ein Touristenparadies. Lisa saß am Bug des kleinen Bootes und ließ die Beine an der Schiffswand hinunterbaumeln. Wie schön es hier war ... Aber noch viel schöner wäre es, nicht allein zu sein und keinen Liebeskummer zu haben.

Schon eine Viertelstunde später entließ der Kapitän die Gruppe im hüfttiefen Wasser. Lisa verabschiedete sich, ging an Land und entfernte sich von den anderen Touristen. Sie wollte nicht von plaudernden Leuten umgeben sein, keinen Smalltalk machen müssen. In einer einsamen, schattigen Ecke ließ sie ihren Rucksack und ihre Kleidung neben einem Felsen zurück. Dann lief sie weiter am Strand entlang, erforschte hier und da das felsige Innere der Insel und schwamm schließlich zum Schnorcheln hinaus.

Die phantastische Unterwasserlandschaft, die Herrlichkeit der Natur ließen sie für eine kurze Weile ihre enttäuschten Liebesgefühle und Joe vergessen. Die Sonnenstrahlen drangen gedämpft durch das blaue Wasser, beleuchteten das wogende Seegras wie Scheinwerfer und malten bewegliche Muster auf die Felsen, und tausend kleine Fische zogen vorüber. Es war eine verzauberte Welt. Als Lisa das Wasser verließ und auf die Uhr schaute, erschrak sie. Die Zeit war wie im Flug vergangen, und weit und breit war kein einziger Mensch mehr zu sehen.

Hektisch packte sie ihre Sachen und rannte zu der mit dem Kapitän ausgemachten Ablegestelle. Das Boot war noch zu sehen, bewegte sich aber schon von ihr fort. Laut rufend und winkend versuchte sie auf sich aufmerksam zu machen, doch niemand schien sie zu bemerken. Man hatte sie schlicht und einfach vergessen.

»Mist!« Verzweifelt stampfte Lisa mit dem Fuß auf, um sich anschließend entmutigt in den Sand sinken zu lassen. Es war schon nach fünf. Das nächste Boot würde erst morgen früh wieder neue Urlauber bringen. Das bedeutete, sie musste die Nacht hier verbringen. Es würde kalt werden und einsam, und wer weiß, welches Getier nächtens herauskriechen würde, um an ihr zu nagen. Lisa schüttelte sich bei dem Gedanken, im Dunkeln zu hocken und nichts zu sehen, nur alle möglichen furchterregenden Geräusche zu hören. Wie konnte ihr das nur passieren? Sie ließ den Kopf auf ihre angewinkelten Beine sinken und begann leise zu weinen.

Dann riss sie sich zusammen. Das Weinen half ja nicht. Sie war hier gestrandet und musste mit der Situation klarkommen. Leise vor sich hinmurmelnd kramte sie in ihrem Rucksack und machte eine Bestandsaufnahme. Die wenigen Utensilien, die sie dabeihatte, waren ein großes Badetuch, Sonnencreme, ein Liter Wasser und zwei Bananen. Lisa atmete erleichtert auf. Wenigstens würde sie nicht Hunger und Durst erleiden müssen. Aber eine heftige Erkältung wäre ihr wohl garantiert, das Badetuch würde sie in der Nacht nicht gerade wärmen. Sie schaute in letzter Hoffnung auf ihr Handy, musste aber ernüchtert feststellen, dass sie keinerlei Empfang hatte. Mist.

Rasch trocknete sie sich ab, schlüpfte in Jeans und T-Shirt und entschied, sich ein halbwegs gemütliches Nachtlager zu suchen.

Vielleicht entdeckte sie eine windgeschützte Felsenecke, in die sie sich mit ihrem feuchten Handtuch kauern konnte. Außerdem würde ihr die Aktivität helfen, nicht in ihren verzweifelten Gedanken zu versinken. Jetzt musste sie stark sein.

Sie sah am menschenleeren Strand entlang. Sanft liefen die Wellen auf dem Sand aus und hinterließen schäumende Gischt. Auf einer Felsengruppe draußen im Wasser hatten sich einige Vögel niedergelassen und putzten ihr Gefieder. Es war wirklich wie im Paradies hier. Doch Lisa konnte die Bilderbuchidylle unter all den widrigen Umständen wahrlich nicht genießen.

Plötzlich hörte sie eine Stimme hinter sich: *»Cerco la barca. Mi sento sola.«*

Erschrocken fuhr Lisa herum und sprang unüberlegt einen Satz zurück. Sie geriet ins Straucheln und wäre beinahe auf ihrem Allerwertesten gelandet. Nie im Leben hätte sie einen anderen Menschen auf dieser Insel vermutet. Und noch viel weniger …

Bestimmt träumte sie wieder. Sie rieb sich vorsorglich die Augen, aber nichts änderte sich.

Fassungslos fragte sie: »Kannst du mich kneifen?«

»Ich würde dich lieber küssen.« Barfuß, mit hochgekrempelten Jeans und weißem Hemd stand Joe vor Lisa und streckte vorsichtig die Arme aus. »Darf ich?«

Lisa fuchtelte abwehrend mit beiden Händen in der Luft herum. War sie vielleicht wahnsinnig geworden? Vielleicht litt sie schon an Halluzinationen. »Nein, nein, nein«, stammelte sie. »Was machst du überhaupt hier? Und wo ist Bille? Wo ist das Boot?«

Joe trat einen Schritt auf Lisa zu. Die sprach wirres Zeug und sah furchtbar blass aus. Joe schloss sie ungefragt in die Arme, und da Lisa sich nicht wehrte, hielt sie sie minutenlang ganz fest. Nach einer Weile hatte Lisa sich beruhigt, und ihr Atem ging gleichmäßiger.

»Ich werde dir alles erklären«, flüsterte Joe ihr ins Ohr. »Aber zuerst musst du mir sagen, warum ich 1000 Kilometer fahren muss, um dich zu fragen, warum du mich nicht mehr sehen willst.«

»Ich kann es nicht fassen, dass du jetzt vor mir stehst«, murmelte Lisa. »Es ist alles so irreal.«

»Komm mit.« Joe nahm sie bei der Hand und führte sie eine Weile am Strand entlang, bevor sie mit ihr ins Inselinnere abbog. Dabei sah sie immer wieder zu Lisa hin. Lisa sah immer noch geschockt aus, aber zumindest hatten ihre Wangen wieder Farbe bekommen.

Irgendwo zwischen den Felsen, die sie emporgeklettert waren, hoch über dem Meer, blieb Joe stehen und präsentierte Lisa stolz ihre Überraschung. Vor ihnen, auf weichem Sand gebettet, lag eine Decke, auf der Joe Gläser, Weintrauben, Käse und allerhand andere Leckereien arrangiert hatte. Sie hatte sich viel Mühe gegeben, den perfekten Platz für ihr Picknick zu finden.

Lisa schüttelte den Kopf. Ein zaghaftes Lächeln zeigte sich auf ihrem Gesicht. Dann fiel sie Joe schluchzend in die Arme. »Wie hast du das bloß gemacht? Das ... das ist phantastisch.«

Joe hielt sie schweigend fest und streichelte ihr sanft über den Rücken. Natürlich hatte sie sich dieses Wiedersehen viele Male vorgestellt, aber die Wirklichkeit übertraf alles. Fast wären ihr selbst die Tränen gekommen.

Lisa löste sich von ihr und suchte stammelnd nach Worten: »Ich wollte nachkommen ins *Anabelles* ... nachdem mein Kinofilm zu Ende war ... und ... als ich dich und Bille eng umschlungen gesehen habe ...«

Jetzt ging Joe ein Licht auf. Entsetzt fiel sie Lisa ins Wort: »Du hast gesehen, wie ich Bille im Arm gehalten habe? Oh mein Gott.« Sie schlug die Hände über dem Kopf zusammen. »Ich habe Bille nur getröstet. Sie ist gerade verlassen worden und hat Rotz und Wasser geheult. Du glaubst doch wohl nicht, dass ich mit einer meiner Exen ins Bett gehe, nachdem ich dich ...«

»Du hast sie getröstet? Ist das wahr, oder erzählst du mir nur irgendeinen Blödsinn?« Lisa verzog das Gesicht und fing von neuem an zu weinen.

Joe schloss sie wieder fest in ihre Arme. »Ich sage dir die Wahrheit. Meinst du, ich fahre durch halb Europa, besteche sämtliche Italiener, um zu erfahren, auf welcher Insel du bist, und sorge dafür, dass sie dich hier vergessen, nur um dir dann eine Lüge aufzutischen?«

Lisa schaute Joe in die Augen, die sie an den Schultern eine Armlänge von sich weghielt und sie eindringlich ansah. Eigentlich waren Joes Beteuerungen schon gar nicht mehr nötig. Schon als Lisa das liebevoll angerichtete Picknick gesehen und sich gefragt hatte, welche Hebel Joe wohl hatte in Bewegung setzen müssen, um sie auf dieser einsamen Insel ausfindig zu machen und dann auch noch ein so romantisches Date zu organisieren, war ihr klar gewesen: Egal, was zwischen Joe und Bille passiert war, egal wie sehr sie selbst gelitten hatte – wer so etwas in die Wege leitete, musste aus Liebe handeln. Kein Mensch würde derartige Strapazen aus einem anderen Grund auf sich nehmen. Und jetzt las sie in Joes Augen, wie ernst es ihr war.

»Es tut mir leid«, sagte sie schuldbewusst und zuckte mit den Schultern. »Vielleicht …«

Joe legte ihr den Finger auf die Lippen. »Pssst. Ich muss dir was sagen. Baby … ich habe mich in dich verknallt.«

Lisa fühlte, wie schwer dieser einfache Satz Joe über die Lippen ging. Joes Körper versteifte sich fast unmerklich, und gleichzeitig kam sie Lisa mit einem Mal verletzlich und weich vor. Ein Stein fiel ihr vom Herzen, ach was, ein ganzer Felsbrocken. Joe hatte sich in sie verliebt und war nicht fremdgegangen … All die Anspannung der letzten Tage fiel von Lisa ab, und eine große Leichtigkeit überkam sie. Zum ersten Mal nach langer Zeit lächelte sie offen und glücklich. Und dann nahm sie Joe voller Liebe in die Arme und gab ihr den erlösendsten und leidenschaftlichsten Kuss, den Sardinien je gesehen hatte.

»Frieden?«, frage Joe hoffnungsvoll, als sich ihre Lippen trennten.

»Frieden«, bestätigte Lisa.

Es gab wohl niemanden in ganz Italien, der glücklicher gewesen wäre als sie beide. Lisa ließ sich von Joe an der Hand in den Sand niederziehen, und sie feierten händchenhaltend, sich immer wieder küssend, ihr wunderbares Wiedersehen vor traumhafter Kulisse. Joe berichtete von ihrer spannenden Reise mit dem Motorrad und verriet, wie sie Ben überreden konnte, ihr zu erzählen, wo Lisa sich aufhielt.

»Ich habe ihm einfach die Wahrheit gesagt«, sagte sie lachend. »Dass ich durch dein Verschwinden und die Angst, dich zu verlieren, gemerkt habe, dass ich dich mehr brauche, als ich mir eingestehen wollte. Und Ben hat mir offensichtlich geglaubt, wollte mir aber partout keine Gründe für deine Flucht nennen. Ich war also all die Tage komplett unwissend und wusste nicht im Entferntesten, was eigentlich in dir vorgeht. Ben hat mich jedenfalls eine Weile gemustert, lange überlegt, mir schließlich wortlos die Adresse deines Hotels aufgeschrieben und mir viel Glück gewünscht.«

Lisa hing wie gebannt an Joes Lippen und schüttelte immer wieder ungläubig den Kopf. Was für eine Woche hinter ihnen lag ... und was für eine verrückte Geschichte das war. Ihre und Joes unglaubliche, großartige Liebesgeschichte.

Dann wurde sie nachdenklich. »Aber an deinem Freiheitsdrang und deiner ...« Sie hielt inne und überlegte, wie sie es formulieren sollte. »... Bindungsunwilligkeit hat sich so schnell doch nichts geändert, oder?«

Joe nahm ihr Gesicht in beide Hände und sah sie ernst an. »Wenn du mir etwas Luft zum Atmen lässt und auf eine Hochzeit und Kinder warten kannst ...« Sie küsste Lisa sanft auf die Lippen, bevor sie ergänzte: »Dann würde ich deine Nähe schon sehr gern weiter genießen. Nur deine. Keine Bille und keine andere Exfreundin. Nur dich. Verstehst du, Lisa Lemke? Ich habe mich schlecht gefühlt ohne dich. Einsam, traurig, wütend – das volle Programm. Was hast du nur mit mir gemacht?«

Statt einer Antwort sah Lisa ihr noch einmal tief in die Augen, lächelte und hauchte: »Lieb mich. Jetzt.«

Joe ließ sich nicht zweimal bitten. Zärtlich, aber zielstrebig begann sie Lisas sanft gebräunten Körper zu entblößen, bis sie nackt vor ihr lag. »Hast du das auch vermisst?«, flüsterte Joe und setzte ihren lustvollsten Blick auf.

Diesen Blick, der Lisa zum Wahnsinn trieb, bevor Joe sie überhaupt berührte. »Jaaaa.«

Sie drängten einander entgegen, streichelten jeden Zentimeter der freigelegten Haut und bedeckten einander mit gleichermaßen sanften und fordernden Küssen. Die Strahlen der sinkenden Sonne fielen warm auf ihre heißen, liebeshungrigen Körper.

Viel später, als die Sonne schon tief am Horizont stand und sie entspannt, Arm in Arm, über die wunderbare Bucht blickten, sagte Joe: »Versprich mir, dass du nie wieder einfach so davonläufst.«

Lisa nickte. »Ich weiß, dass ich überreagiert habe, und dafür möchte ich mich ernsthaft entschuldigen.« Sie suchte Joes Blick und hielt ihn fest. »Ich bin ein gebranntes Kind, was Hintergangenwerden angeht. Aber in Zukunft werde ich zuerst mit dir reden, wenn ich irgendwelche Bedenken über unsere Beziehung hege. Ich verspreche es dir.«

Joe lächelte zufrieden. »Lass uns ein Feuer machen«, schlug sie dann vor, »in einer Stunde wird die Sonne verschwunden sein, und es wird kühl werden nachts.« Sie reichte Lisa ihre Kleidung und zog sich selbst an. »Wir machen es, wie es früher die Neandertaler taten: Du sammelst Holz, und ich bereite die Feuerstelle.«

Joe lachte so vergnügt über ihren unemanzipierten Witz, dass Lisa kopfschüttelnd mitlachen musste.

»Einverstanden?«, fragte Joe und rieb sich die Hände. Ihre Augen strahlten voller Abenteuerlust und Tatendrang, und Lisa ließ sich davon anstecken.

Diesen Abend würde Joe nie vergessen. Aber zur Sicherheit holte sie trotzdem ihr Handy hervor, um ein paar Fotos von ihrem noch halbnackten Engel zu machen. Sie wollte ein Stück der Stimmung für die Ewigkeit einfangen. Gerade zog sich Lisa ihren Slip an, stand auf einem Bein und lächelte glücklich zu ihr herüber. Ihre Grübchen, die Joe so liebte, kamen wunderbar zur Geltung, und Joe wurde ganz warm ums Herz. Noch nie in ihrem Leben hatte sie sich so wohl mit jemandem gefühlt wie mit Lisa. Es war zwar fremd, und sie musste sich noch daran gewöhnen, aber es war ein sehr schönes Gefühl. Viele ihrer Exfreundinnen waren ihr schon nach wenigen Tagen auf die Nerven gegangen, und sie hatte sich galant zurückgezogen. Bei Lisa war es auf wundersame Weise anders: Sie wollte immer mehr von Lisas Nähe, konnte gar nicht genug davon bekommen. Wahrscheinlich lag es an Lisas zurückhaltender, kluger Art und ihrer ehrlichen Haltung in Bezug auf die Liebe und das Leben. Oder an ihren wundervollen Sommersprossen. Joe wusste es nicht genau, und es war im Endeffekt auch egal. Das Gesamtpaket stimmte einfach.

Als Lisa fertig angezogen war, suchte sie nach trockenem Laub und Stöcken, während Joe Steine sammelte, zu einem Kreis zusammenlegte und ihren großen Schlafsack für die Nacht auseinanderrollte. Stolz betrachtete sie ihr Werk und klopfte sich innerlich selbst dafür auf die Schulter, dass sie trotz ihres überstürzten Aufbruchs aus Deutschland an alles gedacht hatte. Mit Hilfe von Feuerzeug, trockenem Geäst und einiger Geduld rauchte schon bald ein kleines, gemütliches Feuerchen auf der Isla Verde.

»Dein Lagerfeuer hast du schon mal«, sagte Joe und zwinkerte Lisa zu. »Und das mit den Pferden kriegen wir auch noch irgendwie hin.«

Lisa legte den Kopf auf Joes Schulter, und Joe war sich sicher, noch nie in ihrem Leben so glücklich gewesen zu sein.

Eine nie gekannte Glückseligkeit erfüllte Lisa. Sie konnte immer noch nicht fassen, dass Joe ihretwegen bereit war, sich zu ändern und sich auf eine echte Beziehung einzulassen – mit allen möglichen Unzulänglichkeiten und Schwierigkeiten. Es war fast zu schön, um wahr zu sein. Aber es war wahr.

Dicht an Joe geschmiegt schaute sie hinaus aufs Meer, wo die Sonne am Horizont leuchtend rot versank. Dann krochen sie in Joes geräumigen Schlafsack, kuschelten sich aneinander und beobachteten das knisternde Feuer, von dem eine wohlige Wärme ausging und ab und zu knackend Funken aufstiegen. Der Duft von Holz und Feuer und eine tiefe, umfassende Stille und Zufriedenheit erfüllten den Augenblick. Nur die Grillen zirpten ihr gleichbleibendes Lied, nur die Wellen schwollen sanft an und ab, nur der Wind rauschte leise. Lange schwiegen beide, lagen einfach nur da und sahen zum Himmel hinauf, wo aber- und abertausende Sterne glitzerten und funkelten. Die atemberaubende Schönheit der Natur und das große Wunder der Liebe umhüllten sie ganz.

»Jemand hat mir mal gesagt, dass es mehr Sterne am Himmel als Sandkörner auf der Erde geben soll«, flüsterte Lisa. »Kannst du dir das vorstellen?«

»Das Weltall ist unendlich. Un-end-lich«, antwortete Joe weise. »Kannst du *das* glauben?«

Lisa kuschelte sich noch enger an Joe. »Es ist schwer begreiflich, dass es kein Ende geben soll. Wenn wir jetzt eine Sternschnuppe sehen – sag mir, Johanna, was würdest du dir wünschen?«, flüsterte sie ihr ins Ohr.

Joe wandte ihr das Gesicht zu, bis sich ihre Nasenspitzen zart berührten. Sie überlegte nicht lange. »Ich würde mir wünschen, dass es immer so herrlich zwischen uns bleibt.«

Eine Träne rann ihr die Wange hinunter. Lisa bemerkte es und trocknete sie sanft.

»Weißt du was? Das wünsche ich mir auch.«

ENDE

Weitere Titel

bei édition el!es

Haidee Sirtakis: Vertrauen ist ein zerbrechliches Geschenk

Roman

Ihr altes Leben hinter sich lassend versucht Chiara in Basel einen Neuanfang. Sie lernt die Kunstmalerin Regina kennen, die sich nach bitteren Erfahrungen in ihrer Villa einigelt. Nach anfänglichen Schwierigkeiten fühlt sich Regina zu Chiara hingezogen, doch das unbeschwerte Zusammensein währt nur kurz – alte Erinnerungen plagen Regina, sie zieht sich zurück. Kann Chiara die nötige Geduld aufbringen, um die Mauer, die Regina um ihr Herz gebaut hat, niederzureißen?

K. T. Talbot: Befreite Gefühle

Roman

Gefangen in einem Schneesturm kann Karen ihre überwältigenden Gefühle für Hockeyspielerin Jessie kaum mehr im Zaum halten. Jessie kam in die Stadt, um sich ein neues Leben aufzubauen, weit weg vom Schmerz vergangener Beziehungen. Doch als sie Karen trifft, flammen die Gefühle wieder auf, die sie eigentlich verstecken wollte. Eine ganze Nacht allein mit Karen ist das letzte, was sie jetzt brauchen kann, deshalb wagt sie sich in den Sturm, um nach Hause zu kommen. Doch zu Karens Überraschung steht sie recht bald wieder vor der Tür – werden sich beider Gefühle jetzt befreien können?

Catherine Fox: 39 Stunden

Kurzroman

Konzernchefin Sina König führt arrogant, hochnäsig und rücksichtlos die Firma. Ein graues Mäuschen wie die neue Sekretärin Lilly Neumeier hat es da nicht leicht. Doch dann geschieht das Unvorstellbare: An einem Wochenende bleiben beide zusammen im Fahrstuhl stecken. Notruf und Handy funktionieren nicht, und so müssen sie bis Montag ausharren – was nicht ohne Folgen bleibt . . .

Printed in Poland
by Amazon Fulfillment
Poland Sp. z o.o., Wrocław

54313206R00034